Hundert Jahre sind genug!

Bernd Karl Stammler

Hundert Jahre sind genug!

*Das Leben
einer außergewöhnlichen Frau
von 1888 bis 1989*

Roman

Bibliografische Information der Deutschen Nationalbibliothek:
Die Deutsche Nationalbibliothek verzeichnet diese Publikation in der
Deutschen Nationalbibliografie; detaillierte bibliografische Daten sind im
Internet über dnb.dnb.de abrufbar.

*Die automatisierte Analyse des Werkes, um daraus
Informationen insbesondere über Muster, Trends und
Korrelationen gemäß §44b UrhG (»Text und Data Mining«)
zu gewinnen, ist untersagt.*

© 2024 Bernd K. Stammler

Projektmanagement: Velvet Noe, BoD

Coverdesign, Buchsatz, Herstellung und Verlag:
BoD – Books on Demand, Norderstedt

ISBN: 978-3-7597-1571-5

Für Renate

Die Heiterkeit des Alters liegt darin begründet,
daß man weiß, man hat das Schlimmste hinter sich.

Arthur Schopenhauer
1788 – 1860

Prolog

Hommage auf eine Frau, die ein langes Menschenleben von 101 Jahren mit einer kontinuierlichen Geradlinigkeit und in bester christlicher Tradition mit beispielhafter Selbstlosigkeit lebte.

Ganz offensichtlich war die Quelle ihrer Lebensharmonie genau in diesen einfachen, klaren und doch anspruchsvollen Grundlinien ihres Charakters zu suchen, in ihrer daraus abgeleiteten Lebensphilosophie. Für sie hat auch gegolten, dass es immer Menschen gibt, die geboren werden, um hilfsbereit für ihre Mitmenschen da zu sein. Der Grundsatz lautet dabei:

Dein Leben ist kein Zufall! Deshalb muss es Zweck, Inhalt und Wert haben!

Dieses Lebensprinzip ist beglückend. Menschen, die danach leben, tun dies mit Freude und Hingabe.

Roman-Biographie über eine faszinierende Frau, die diese Maxime lebte, eingebettet in die spannende und aufregende Zeitgeschichte in Deutschland von 1888 bis 1989, Monarchie, Weimarer

Republik, Drittes Reich und die neuzeitliche Bundesrepublik. Dabei stets die Menschen im Fokus.

Ulm 1888 bis 1912: Zwillinge

Es war ein neblig-grauer Herbsttag, dieser Donnerstag am 25.10.1888. Die ersten Frostnächte zeigten mahnend, dass der Nachsommer endgültig zu Ende war und die dunkle Jahreszeit Einzug halten würde.

Doch unabhängig von der jahreszeitlichen Veränderung erhellte an diesem Tag ein Sonnenstrahl die Reichsstadt Ulm. Bei der Familie Winzer gab es eine Zwillingsgeburt zu feiern. Zwei entzückende Mädchen sagten der Welt guten Tag: »Hallo, wir sind da und legen nun so richtig los mit unserem Leben.«

Mutter und Kinder waren wohlauf, für die damalige Zeit nicht unbedingt selbstverständlich. Zwar erschöpft, denn eine Geburt, insbesondere eine Zwillingsgeburt, ist anstrengend für Mutter und Kinder. Doch die drei waren sehr glücklich.

Die Hebamme trank nach getaner Arbeit zufrieden mit dem frisch gebackenen Vater Leonhard einen kräftigen Kaffee und aß mit gutem Appetit ein großes Stück Hefekranz. Mit Rosinen natürlich. Das hatte sie sich wirklich verdient, denn

Ulm war um zwei Einwohner reicher geworden. Die Zwillinge, Lotte und Hermine ihre Namen, gediehen prächtig. Das lag besonders an der liebevollen und umsichtigen Versorgung durch die Mutter. Vater Leonhard hingegen hielt sich aus dieser Verantwortung weitestgehend heraus. Er war ja ein Mann. »Das ist nicht meine Aufgabe«, sagte er immer. Na ja ...

Aus den Mädels wurden schnell junge Damen, die erfolgreich alle wichtigen Schulen hinter sich brachten. Die Berufswahl war kein Problem und ergab sich schlüssig aus den Begabungen der Zwillinge. Lotte arbeitete schon früh gerne im Haushalt, sehr zur Freude der Mutter. Sie kochte und buk vorzüglich. Deshalb war klar, dass sie auf die hauswirtschaftliche Schule gehen würde, um ihre Kenntnisse zu vertiefen.

Hermine hingegen hatte es nicht so mit dem Haushalt. Sie hatte längst die Mode für sich entdeckt. Dabei war sie äußerst kreativ und handwerklich außergewöhnlich geschickt. Das drückte sich auch in ihrer Kleidung aus. Stets schick und elegant spazierte sie durch ihre Welt. Sie entschied sich, Schneiderin zu werden, und begann eine entsprechende Ausbildung. Dabei hatte sie das große Glück, eine Ausbildungsstelle bei dem führenden Modehaus von Ulm zu bekommen. Ihre Vorgesetzte merkte schnell, welcher »Rohdiamant« ihr da ins Haus gekommen war, und förderte sie nachhaltig. Mit Erfolg, denn die junge Dame legte in Rekordzeit und mit Sondererlaubnis der Zunft die Gesellenprüfung ab. Das bemerkte sogar Vater Leonhard, der dem »Modefirlefanz« doch skeptisch gegenüberstand. »Erstaunlich. Aus dem Mädchen wird vielleicht noch was«, stellte er fest.

Die alltägliche Schneiderei war Hermine schon bald zu eintönig. Lieber entwarf sie eigene Kreationen, die auch regelmäßig ihre begeisterten Abnehmerinnen fanden. Dem Besitzer des Modehauses blieb auch das nicht verborgen. Er förderte das Ausnahmetalent mit allen sich bietenden Möglichkeiten. Über die Schneiderzunft schickte er sie regelmäßig zu Weiterbildungen und meldete sie zur frühen Meisterprüfung an. Es dauerte nicht lange und Hermine nahm auch diese Hürde. Daraufhin wurde sie wegen erwiesener Tüchtigkeit zur Chefin der Schneiderei ernannt. Ihre Kolleginnen belohnten ihr bescheidenes, liebenswertes und hilfsbereites Wesen mit großer Akzeptanz. Sie war anerkannt, weil sie immer menschlich auftrat, viel konnte und sehr fleißig war.

Zwillingsschwester Lotte stand dem Erfolg ihrer Schneiderschwester in ihrem Metier wenig nach. Sie entwickelte sich zu einer hervorragenden Köchin. Ihre Kuchen waren Legende und sie versorgte häufig die gesamte Nachbarschaft mit ihren leckeren Kreationen. Ihr guter Ruf war so verbreitet, dass sie immer häufiger in anderen Haushalten als Köchin oder Konditorin aushalf. Da blieb es nicht aus, dass ihr die alte Weisheit »die Liebe geht durch den Magen« begegnete. Sie verliebte sich in einen stattlichen jungen Mann, der im weiteren Verlauf ihres Lebens als der »große Hugo« bezeichnet wurde. Beide waren junge achtzehn Jahre alt und ihre Liebe war mehr als eine Schwärmerei.

Hermine beobachtete das aufmerksam und hoffte auf einen positiven Lerneffekt für sich. Obwohl ihr die Männer allgemein doch noch sehr suspekt waren.

Der große Hugo war ein richtiger Draufgänger, weshalb er sich übrigens im sich abzeichnenden Krieg sofort zur Kavallerie meldete. Vermutlich übte er schon zu Friedenszeiten die Attacke. Offensichtlich war eine Attacke des jungen Mannes zu stürmisch, denn seine Lotte wurde schwanger. In dieser Zeit in einer engen bürgerlichen Welt war das ein Skandal. »Jetzt hast du den Salat«, merkte Hermine trocken an. Doch gleichzeitig beruhigte sie ihre Zwillingsschwester und versprach ihr, sie zu unterstützen und mit für das Baby zu sorgen. Die spätere Zeit sollte zeigen, dass sie das sehr ernst meinte. Ihre Bindung zu dem Kind, das da bald geboren wurde, war von Anfang an von einer tiefen Liebe und Mütterlichkeit geprägt. Diese Fürsorge sollte bis zu ihrem Lebensende bleiben. Sie fühlte sich quasi als zweite Mutter.

An eine Heirat konnten Lotte und der große Hugo zunächst nicht mal denken. Hugos Eltern verlangten von ihm, zuerst einen Beruf zu erlernen, um seine kleine Familie ernähren zu können. Das war sicher gut so. Für die werdende Mutter allerdings wurde es schwierig, bekam sie doch ein »lediges Kind«. Das galt in dieser Zeit als der Fehltritt schlechthin. Doch der große Hugo war ein Ehrenmann und stand voll zu seiner Lotte. Er erklärte sich klar und deutlich: Sobald er beruflich auf der sicheren Seite stehe, würde geheiratet!

Er bekam bald eine solide Arbeitsstelle in der öffentlichen Verwaltung, späterer Beamtenstatus wurde vertraglich vereinbart. Das kam damals einer Lebensversicherung gleich. So konnte das junge Paar am 28. September 1912 vor den Traualtar im inzwischen fertiggestellten Ulmer Münster treten. Es wurde eine prachtvolle Hochzeit.

Der Auslöser dieser Eheschließung, also der einstige Sündenfall, nun schon längst geboren, das süße Mädchen Berta, durfte den Brautschleier ihrer Mutter tragen. Sie war inzwischen sechs Jahre alt und hatte manche Häme bis dahin erleiden müssen. Ihr nichtehelicher Status war den ehrbaren Bürgern doch sehr suspekt. Besonders Hermine war es, die sich mit Leidenschaft gegen die Kleinbürger zur Wehr setzte.

Nach dem Gottesdienst streute also Berta mit großem Eifer Blumen für ihre Eltern. Ein wirk-

15

lich malerisches Bild. Nun endlich verstummten die vielen Lästermäuler, deren es nicht wenige gab.

Hermine sorgte wie versprochen rührend für das kleine Mädchen und selbst der stockkonservative Vater und Großvater Leonhard machte inzwischen längst gute Miene zu dieser familiären Entwicklung. So kam es also zu einem glücklichen Ende in der damals kleinen Welt.

Ulm 1917:
Hermine und die Liebe

Die »Schneiderdame«, so bezeichnete Hermine sich oft selbst, man beachte dabei die Bezeichnung »Dame«, was aber damals schon voll auf sie zutraf, hatte die folgenschwere Liebelei ihrer Zwillingsschwester aufmerksam beobachtet. Wie versprochen, war es für sie selbstverständlich, sich um die kleine Berta zu kümmern. »Ich bin sozusagen die Ersatzmutter«, versprach sie Lotte. Auch Großvater Leonhard hatte das Mädchen längst in sein Herz geschlossen. Natürlich passte das Kind nicht in sein verstaubtes Weltbild, doch er reagierte wütend, wenn die nachbarschaftlichen Spießbürger sein Enkelkind abschätzig einen dahergelaufenen »Bankert« nannten.

Bei Männern muss eine Frau wohl stets aufpassen, das war Hermine inzwischen klar geworden. Sie beschränkte ihre spezielle Männerschau auf den sonntäglichen Kirchgang. Sie liebte es, wenn in die damalige Garnisonskirche, heute die Pauluskirche, die feschen Soldaten der verschiedenen Württemberger Regimenter in Reih und Glied einmarschierten und in den Kirchenbänken Platz nahmen. Die farbenfrohen Uniformen saßen enganliegend auf den strammen Körpern. Der »Zauber der Montur« heißt es nicht umsonst in der Operette. Dieses Trockentraining war für Hermine zunächst ausreichend. Es schaffte genügend Raum für unverbindliche schöne Träume.

Doch dann passierte etwas Außergewöhnliches. Ihr Chef rief sie zu sich und erzählte ihr, dass der derzeitige Liebling der Ulmer Theaterszene, der Tenor Franz Kugler, ihr Modehaus auserwählt habe. Er suche dringend eine kreative, handwerklich versierte Schneiderin. Seine Kostüme, aber auch seine Zivilkleidung müssten ständig seiner häufig wechselnden Figur angepasst werden. Er liebte gutes Essen und verschmähte auch Wein und Bier nicht. Dabei war er eitel wie ein Pfau. Ein Tenor eben. Die Theaterschneiderei war nach seiner Meinung nicht in der Lage, seinem hohen modischen Anspruch gerecht zu werden. Auf Empfehlung hatte er deshalb in dem Modehaus an der Hirschstraße vorgesprochen. Es gab auch den Geheimtipp über eine dort arbeitende Zauberin mit Zwirn und Faden. Dieser Geheimtipp war niemand anderes als die Chefin der Schneiderei: Hermine. Der Chef sagte also zu ihr: »Diesen anspruchsvollen Kunden will ich durch Sie exklusiv betreuen lassen.« Dabei lächelte er sie verschwörerisch an.

So kam es, dass der fesche Franz regelmäßig im Atelier bei der Zauberin ein und aus ging. Es dauerte nicht lange und diese verliebte sich in den attraktiven Sänger. Er war charmant und fand ebenfalls schnell Gefallen an der flinken und liebenswerten Schneiderin. Wenn er dann während der Anprobe immer wieder mal eine Arie aus einer aktuellen Operninszenierung schmetterte, schmolz Hermine dahin wie Butter in der Sonne. Obwohl sie Butter sonst nicht ausstehen konnte. Da zitterte dann schon mal ihre sonst so sichere Hand und Nadel wie auch Schere waren in der Linienführung nicht immer stabil. Auch das Maßband verrutschte ab und zu. Das war gefährlich, denn der eitle Geck trug seine Garderobe hauteng. Alles musste deshalb stets absolut perfekt sein.

Mit der Zeit gewöhnte er sich so an sein tapferes Schneiderlein, dass er mehr als Sympathie für sie empfand. Oft schenkte er ihr Freikarten für Premieren und lud sie dann nach der Vorstellung auf ein Glas Wein ein. Er hatte sich in Hermine verliebt. Hand in Hand spazierten sie häufig durch die malerische Friedrichsau, eine idyllische Parkanlage entlang der Donau. Seit 1811 gab es diese grüne Oase. Alter Baumbestand und kleine Seen waren der romantische Rahmen für Biergärten und gemütliche Gaststätten zu jeder Jahreszeit. Romantik pur, ohne Frage. »Da muss einfach geküsst werden«, meinte der Franz, ein diesbezügliches Naturtalent.

Ulm hatte damals schon mit 60.000 Einwohnern eine veritable Größe. Die annähernd 10.000 württembergischen Soldaten ergänzten diese bunte Mischung. Auf jeden Fall war Hermine im siebten Himmel. Sie dachte schon an Verlobung, spätere Heirat nicht ausgeschlossen. Vater Leonhard beobachtete diese Entwicklung mit großer Skepsis. Er ließ es auch nicht an mahnenden Worten fehlen und verwies auf das Schicksal von Schwester Lotte. Künstler waren für ihn ohnehin fahrendes Volk. Nichts Solides, so wie er es war als Beamter der Reichsbahn.

Doch plötzlich veränderte sich das Verhalten des Troubadours. Die Arbeit war zwar weiterhin regelmäßig zu leisten, doch die gemeinsamen Zeiten zu zweit wurden immer weniger. Hermines beste Freundin Fine war in der Theaterszene bestens vernetzt und hatte stets den Daumen am Puls der Zeit und der aktuellen Beziehungsspiele. Sie war es der Freundin einfach schuldig, die bittere Wahrheit zu erzählen. Der Franz hatte sein Sängerherz inzwischen weiterverschenkt an eine gelenkige junge Balletttänzerin. Hermine sprach Franz gezielt darauf an und in seiner grenzenlosen Eitelkeit erzählte der Narr voller Stolz von seiner großen und ewigen Liebe zu der Solotänzerin vom Theaterballett. Künstlerliebe eben. Doch voll Pathos betonte Franz: »Wenn ich hier bei dir bin, gehöre ich ganz dir. Dein ist mein ganzes Herz, hier in der Schneiderei.«

Hermine war enttäuscht und tief verletzt. Hatte sie doch heimlich schon an ihrem Hochzeitskleid gearbeitet.

Die darauffolgenden Anproben waren für den Franz nicht mehr so angenehm. Die Nadel rutschte zum Beispiel häufig ab, versehentlich natürlich, und die Anproben der geänderten Kleidungsstücke waren schmerzhaft und anstrengend für ihn. Denn für eine Zweitbesetzung war sich Hermine zu schade und sie bat ihren Chef, eine Kollegin mit der Betreuung des Frauenhelden zu beauftragen. Was dieser dann auch sofort veranlasste. Von Männern war sie vorerst restlos bedient. Üble Gesellen, fahrendes Volk eben, da hatte der Leonhard schon recht gehabt. Hatte sie doch voller Vertrauen Gefühle und Träume verschenkt.

Nun konzentrierte sie sich intensiver als je zuvor auf ihre Arbeit. Ihre erstaunliche Kreativität entwickelte sich überdurchschnittlich. Auch pflegte sie wieder intensiv ihren kleinen, aber feinen Freundeskreis. Es sollte lange dauern, bis sie wieder einen Mann erhören würde, nahm sich Hermine vor.

Ulm 1925: der stürzende Bräutigam

Emil war ein liebenswerter und stets hilfsbereiter Freund Hermines, ehrlich und natürlich, ohne die Allüren eines Tenors. Sie schätzte ihn sehr. Wer war dieser Emil Leine? Alle Freunde nannten ihn nur den »Coatle«, eine begriffliche Ableitung aus dem englischen Begriff »coat« für Mantel. Er war 1,93 Meter groß, von hagerer Gestalt und arbeitete als selbständiger Maler- und Lackierermeister. Ein Genie im Umgang mit Farben. Dieses Talent setzte er auch kreativ und sehr zur Freude der Kunstfreunde bei seinen ansprechenden Aquarellen ein. Sein ganz persönliches Markenzeichen war der mit Farbklecksen gesprenkelte Arbeitsmantel, den er stets trug und der immer den gleichen Schnitt und die gleichen Farben aufwies. Wobei er diese Arbeitskleidung regelmäßig wechselte, das war ein offenes Geheimnis. Darüber wurde jedoch nie geredet. Er wollte den Eindruck erwecken, stets ein und denselben Mantel zu tragen als Zeichen seiner ausgeprägten Individualität. Eine liebenswerte

Marotte, sein ganz spezieller künstlerischer Touch. Hermine und die Freunde hatten auch den Eindruck, dass die arbeitsbedingten Farbkleckse auf jedem Mantel an den gleichen Stellen durch ihn extra angebracht wurden.

Lange Zeit schwärmte der Coatle für Hermine und er spürte, dass auch sie ihn mochte. Als guten Freund. Die besondere Liebesebene weckte er bei ihr jedoch nicht. Darunter litt er lange Zeit. So war Hermine froh, als der Emil seine große Liebe bei der Olga fand. Einer patenten, bodenständigen Frau, die bei der Kirchengemeinde Büroarbeiten erledigte.

Große Reichtümer konnte Emil nicht vorweisen. Doch trotz seiner Armut zählte er zu den großzügigsten Menschen, die Hermine bisher begegnet waren. Wenn sie oder andere Freunde Hilfe brauchten, war er stets zuverlässig zur Stelle und half selbstlos und nach Kräften. Strahlend vor Glück informierte er Hermine eines Tages, dass er im nächsten Monat seine Olga heiraten würde. Wie bereits erwähnt: Er war das, was man eine arme Kirchenmaus nannte. Deshalb erklärte Hermine spontan: »Deinen Hochzeitsanzug werde ich dir nach Maß schneidern, das ist dann mein Hochzeitsgeschenk für dich. Die dazu passenden schwarzen Schuhe wird dir der alte Schuhmachermeister Becher anfertigen, natürlich aus feinstem Glanzleder. Der wird dir das auch als Geschenk machen. Du hast ihm ja vor kurzem die komplette Wohnung und seine Werkstatt renoviert. Die Werkstatt sogar kostenlos. Der überlegt seitdem, womit er dir eine Freude machen kann. Ich werde das mit ihm besprechen und ihm sagen, dass er damit auch deine sehr moderate Malerrechnung ausgleichen kann. Wir wollen, dass du feierlich und elegant vor den Traualtar treten kannst. Damit deine Olga stolz sein kann auf ihren Bräutigam.«

Emil Leine war gerührt und wollte die großzügigen Geschenke nicht annehmen. Eine für ihn typische Bescheidenheit. Doch er merkte schnell, dass hier Widerspruch zwecklos war. Also sagte er leise zu Hermine: »Das werde ich dir und dem Becherle nie vergessen. Ihr seid so liebe Menschen.«

Die Trauung sollte natürlich im Münster stattfinden, mit der Pfarrverwaltung waren die Details schnell besprochen. Die Freunde vom Posaunenchor hatten sofort zugesagt, Emils Trauung musikalisch zu begleiten. Es geschieht im Leben immer wieder, dass erwiesene Hilfsbereitschaft und Großzügigkeit auch einmal zurückkommen.

Dann kam der große Tag. Es wurde eine feierliche Trauungszeremonie. Als dann der Pfarrer Emil und Olga aufforderte, vor ihm niederzuknien, um den Segen zu empfangen, begann der Posaunenchor gefühlvoll das Lied »Ich bete an die Macht der Liebe« zu spielen. Dabei passierte es: Die neuen eleganten Schuhe des Bräutigams hatten besonders glatte Sohlen. Der Boden vor dem Altar war tückisch glatt wie eine mittlere Eisbahn. Das Paar kniete also ergriffen nieder, um den Segen zu empfangen. Der Posaunenchor übertraf sich mit seiner Musikkunst. Doch Emil machte wohl einen Ausfallschritt zu viel, rutschte aus und fiel in seiner ganzen Körperlänge (!) dem überraschten Geistlichen entgegen. Da lag er nun, malerisch ausgestreckt vor dem Altar! Diese artistische Einlage hatte natürlich Auswirkungen auf das Spiel der Posaunenbläser. Sie konnten nicht mehr weiterspielen, der Posaunenchor brach regelrecht zusammen in schönster Dissonanz. Kurzzeitig war es mucksmäuschenstill in dem großen Kirchenschiff des Ulmer Münsters. Hermine dachte bei sich: Oh du lieber, guter Coatle, warum hast du nicht daran gedacht, dass die neuen Schuhe gefährlich glatte Sohlen haben und du dich vorsichtig bewegen musst?

Doch souverän bekam der Pfarrer die vertrackte Situation schnell in den Griff. Mit pastoraler Würde sprach er zu Emil: »Ja, so eilig müssen Sie es nicht haben, wenn ich Ihnen und Ihrer lieben Frau den Segen erteile. Dafür nehmen wir uns schon die nötige Zeit, denn er soll ja auch lange anhalten.«

Ende gut, alles gut. Die Freunde vom Posaunenchor hatten sich schnell wieder gefangen und bliesen die »Anbetung der Macht der Liebe« besonders intensiv und feierlich. Ohne weitere Störungen.

Der bedauernswerte Emil ging allerdings durch sein Missgeschick als der »stürzende Bräutigam« in das Gedächtnis seiner Freunde ein. Doch damit lernte er schnell zu leben. Dafür sorgte auch seine liebevolle Ehefrau Olga. Die Ehe wurde sehr glücklich und entsprach voll dem Wunsch des trauenden Pfarrers. Sie hielt Jahrzehnte – bis dass der Tod euch scheide. Diese Formel wird in späteren Zeiten nur noch eine geringe Bedeutung haben.

Ulm 1934:
dunkle Zeiten –
die SA marschiert

Deutschland hatte eine neue Reichsregierung gewählt, geführt von einem »Führer« als Reichskanzler. Die Mehrheit der Wähler war begeistert von dieser neuen Regierung. Es hörte sich alles gut an, was deren Repräsentanten lautstark versprachen. Vielleicht ein wenig zu laut.

Hermines Vater Leonhard war skeptisch angesichts der vielen Versprechungen. Als solider Bahnbeamter war er es gewohnt, seinen Lebenszug auf stabilen und richtunggebenden Schienen gesteuert zu sehen in eine erkennbare, klar bestimmte Richtung. Es gab gedruckte Fahrpläne, die Fahrzeiten festlegten, das Ziel garantierten und nannten, wie viel die jeweilige Fahrkarte kostete. Doch die neue Regierung in Berlin redete nur, produzierte eine Menge heiße Luft. Ein Plan, wohin die Reise künftig gehen sollte, den hatte sie erkennbar nicht. Dann wurde Stück für Stück die Opposition im Reichstag ausgeschaltet oder anders ausgedrückt: mundtot gemacht. Das ging

Leonhard, einem überzeugten Demokraten, absolut gegen den Strich. Seine Meinung war klar und eindeutig: »Opposition muss sein. Ohne Opposition wird das keine gute Regierung. Das sind Spitzbuben!«

Diese kritische Einschätzung äußerte er lautstark an seinem Stammtisch im Gasthaus »Zu den Drei Kannen«. Das sollte Folgen haben. Eines Abends klingelte die Wirtin bei Hermine an der Wohnung. »Wir müssen dringend reden«, sagte sie. Dann erzählte sie, dass Leonhard flammende Reden gegen die Naziregierung halte, zum Ärger der anwesenden SA-Männer. Diese Schlägertruppe der Nazis, Sturmabteilung genannt, verübte einen beispiellosen Terror gegen jeden, der nicht deutlich erkennbar für die neue Reichsregierung der NSDAP eintrat. Sie schreckten auch vor Gewaltverbrechen nicht zurück. Die reguläre Polizei ging nicht gegen sie vor. Egal, welcher Rechtsverstoß von ihnen begangen wurde. Sie forderte Hermine also auf, dem Vater klarzumachen, dass er solche kritischen Reden künftig unterlassen solle. Das könne sonst böse Folgen für ihn haben, meinte sie drohend. Erschrocken versprach Hermine, mit ihrem Vater zu reden. Sie hatte Angst um ihn. Gleichzeitig ärgerte sie die Aufforderung, die eigene Meinung nicht mehr offen zu äußern.

An diesem Abend kam Leonhard spät nach Hause. Entgegen seinem üblichen Verhalten

war er betrunken und hatte seine Kleidung be-
schmutzt. Die Hosen waren voller Kot. Er hatte
sich auch übergeben. Sein Kreislauf war instabil
und er klagte über starke Übelkeit. Wie Hermine
später herausfand, hatte er sich mit mehreren
SA-Leuten angelegt. Diese hatten ihm dann un-
bemerkt Zigarrenasche in sein Bier gekippt. Das
hatte diese schlimmen Folgen für den alten Mann.

Methoden des Pöbels, dachte Hermine. Sie
säuberte den Vater und brachte ihn in sein Bett.
Als sie die Hosen waschen wollte, bemerkte sie,
dass die Hosentaschen voller verschmutzter Geldscheine waren. Methodisch ging sie dieses Problem an. Zuerst wusch sie die Geldscheine einzeln
und hängte die Reichsmark dann zum Trocknen
auf die Wäscheleine im Hinterhof. Sicher ein
merkwürdiger Anblick. Dabei fiel ihr spontan eine
Weisheit der alten Römer ein, wenn auch in über-
tragenem Sinne: »Pecunia non olet«, also »Geld
stinkt nicht«. Doch wenn man die Ursache für dies
malerische Bild kannte, war es allerdings ein An-
lass zum Erschrecken.

Dann kam die Hose dran. Einweichen in einer
Seifenlauge war das probate Mittel. Es dauerte, bis
die Beinkleider des Vaters wieder tragbar waren.
Die Geldscheine jedoch waren schnell trocken,
so ist das allgemein mit schmutzigem Geld. All-
zeit bereit und schnell zu gebrauchen. Ihr wurde
klar, dass gegen diese Rüpel kein Kraut gewachsen

war. Deshalb vereinbarte sie mit ihrem Vater, nicht mehr in sein Lokal zu gehen. Mit trauriger Miene versprach er das, obwohl es ihm sehr schwerfiel. »Der Kluge gibt nach«, meinte er weise. Denn er war nicht bereit, wegen dieser politischen Ganoven seinen Schnabel zu halten. »Dann trinke ich mein Bier halt daheim«, fügte er noch hinzu.

Hermine ging am nächsten Tag in der Mittagszeit zur Gaststätte. Sie kochte vor Wut. Als sie die bereits wieder anwesenden SA-Männer in ihren Uniformen, braune Jacke und braune Hose, sah, beschimpfte sie diese lautstark: »So wie ihr in eurem schmutzigen Braun ausschaut, so seid ihr selbst.« Dabei trat sie so energisch auf, dass keiner der braunen Helden einen Widerspruch wagte.

Leonhards düsteres Erlebnis in seinem Stammlokal stimmte Vater und Tochter traurig und nachdenklich. Hermine erzählte ihren Kolleginnen in der Schneiderei ihres Modehauses von dem Vorfall. Sie war erstaunt über die Reaktionen der meisten Frauen, die meinten: »Es ist nicht richtig, wenn dein Vater den Führer und seine neue Regierung kritisiert. Da darf er sich nicht wundern, wenn die Parteigenossen von der SA böse reagieren.« Volkes Stimme?

Die einzige Kollegin, die bestürzt reagierte, war Fine, Hermines beste Freundin, die sich ohnehin vorgenommen hatte, aus gutem Grund künftig ihren Mund zu halten. Doch hoffte sie, dass Leonhard nicht nochmals in eine solche Konfrontation geriete. Sie mochte den alten Herrn und glaubte sicher, dass er vernünftig genug sei, nicht mehr in die »Drei Kannen« zu gehen.

Aber die Auseinandersetzungen mit den Polithalunken der SA hatten bei Leonhard tiefe Betroffenheit ausgelöst. Sein in Jahrzehnten gewachsenes Rechtsgefühl war gestört. Er verstand die Welt nicht mehr. Hinzu kam, dass es für ihn künftig keinen Meinungsaustausch am Stammtisch geben würde. Er liebte kontroverse Diskussionen, nun fühlte er sich isoliert. Und er hatte Angst. Das alles ging ihm sehr nahe, sodass seine ohnehin angeschlagene Gesundheit litt. Die Herzbeschwerden nahmen deutlich zu und seine Stimmungslage wurde zusehends schlechter. Er baute rapide körperlich und geistig ab und Hermine machte sich große Sorgen um ihren Vater. Was zu befürchten war, trat ein: Leonhard wurde von seinem Hausarzt in ein Krankenhaus eingewiesen. Die Ärzte und Krankenschwestern gaben sich alle erdenkliche Mühe, doch es war zwecklos. Leonhard hatte seinen Lebensmut verloren, da war nichts mehr zu machen. Nach wenigen Wochen verstarb er an gebrochenem Herzen, wie es einer der Ärzte formulierte, dem sich Leonhard anvertraut hatte. Auf dem Totenschein stand allerdings systemkonform »Altersschwäche«.

Ulm 1935:
dunkle Zeiten –
Emigration

März 1935. Der Chef rief Hermine zu sich. Er wollte etwas Dringendes mit ihr besprechen. Spontan glaubte sie, dass er mit ihr über den Vorfall ihres Vaters mit den SA-Leuten sprechen wollte. Der lag zwar inzwischen einige Zeit zurück, doch seitdem hatten diese SA-Krakeeler viele Personen- und Sachschäden angerichtet, leider ohne strafrechtliche Folgen.

Als sie das Heiligtum betrat, so wurde das Zimmer des Firmenchefs von den Mitarbeitern scherzhaft genannt, saß dieser mit ernster Miene hinter seinem raumgreifenden hölzernen Schreibtisch, der mit geschnitzten Motiven aus der Welt der Mode verziert war. Er bat sie, Platz zu nehmen.

»Ich muss Ihnen eine wichtige Mitteilung machen«, begann er.

Hermine bekam heftiges Herzklopfen, denn so bedrückt hatte sie ihren verehrten Chef und Besitzer dieses Traditionsmodehauses noch nie gesehen. Seine tiefe Niedergeschlagenheit war greifbar.

»Ich habe meinen Familienbetrieb verkauft und werde Ulm verlassen. Das mache ich nicht freiwillig. Nein. Es wurde mir dringend dazu geraten. Bekannte aus der Nazipartei erzählten mir, dass die Partei und ihr sogenannter Führer dafür sorgen wollen, dass jüdische Bürger in diesem Land keinen Platz in einer erneuerten Volksgemeinschaft haben. Sie rieten mir, streng vertraulich natürlich, schnell zu handeln, solange das noch möglich wäre.« Des Weiteren erzählte er Hermine: »Die Partei plant Aktionen, die widerlich und menschenverachtend sind. So wollen diese politischen Chaoten die Bürger auffordern, nicht mehr bei Juden zu kaufen. Auch Sachbeschädigungen an den Geschäften sind geplant. Das alles will ich mir, meiner Familie und auch meinen Mitarbeitern nicht zumuten. Schweren Herzens und nach langen Gesprächen mit meiner Frau habe ich mich deshalb entschlossen, mein Unternehmen zu verkaufen. Sie wissen ja, dass es schon lange Interessenten gab. Alle Arbeitsplätze bleiben erhalten, das war mir sehr wichtig. Der Käufer hat mir verbindliche Zusagen gemacht. Er will auch Sie, Hermine, unbedingt in der jetzigen Position behalten. Ich traue ihm. Sie sind die Einzige, der ich dies alles so offen erzähle. Ich bitte Sie deshalb um absolute Ver-

schwiegenheit. Unsere langjährige vertrauens-
volle Zusammenarbeit und menschliche Nähe
haben mich dazu bewogen, Sie ins Vertrauen zu
ziehen. Meine Frau hat mir übrigens ausdrück-
lich dazu geraten.«

Hermine war fassungslos. »Das sind ja Teufel«,
sagte sie, »und das ist noch eine verharmlosende
Beschreibung.« Sie erzählte dann von dem Vorfall, den ihr Vater erleiden musste. »Was kommt
da noch auf uns zu? Da hatte mein Vater schon
recht, wenn er die neue Regierung als Spitzbuben
und Ganovenbande bezeichnete.«

Ihr Chef sagte daraufhin: »Das war sehr gefährlich, was Ihr Vater da erlebt hat. Die sind zu allem
fähig und auch sein Alter hätte ihn nicht geschützt.
Ich werde übrigens nicht nur Ulm verlassen, sondern auch Deutschland. Wir werden nach Amerika
auswandern. Die nötigen Verfahren und Anträge
laufen schon und ich hoffe, dass wir schnell dieses
›schöne‹ Land verlassen können. Mir tut es trotz
allem leid, lasse ich doch auch einige Freunde zurück, zu denen ich auch Sie zähle, liebe Hermine.
Und nochmals meine dringende Bitte: Erzählen
Sie niemandem von unserem Gespräch.«

Mit Tränen in den Augen sicherte sie ihre Dis-
kretion zu. Die Tragweite des soeben Gehörten
schockierte sie zutiefst. Mit langsamen, ja zögern-
den Schritten verließ sie das Zimmer und blickte
zurück zu ihrem Chef. Es brach ihr fast das Herz,

wie er so verlassen an seinem Schreibtisch saß. Niedergeschlagen verließ sie ihre Arbeitsstelle und ging sofort nach Hause. Sie hatte plötzlich große Angst vor der weiteren Entwicklung in ihrem geliebten Ulm, ja, in ganz Deutschland. Die tiefe Unruhe dieser Zeit hatte sie nun voll erfasst.

Ulm 1940:
dunkle Zeiten –
die Freundin

Fine Vogelmann war Hermines beste Freundin. Sie arbeitete auch in der Schneiderei und die beiden Frauen kannten sich seit vielen Jahren. Ihr Kontakt beschränkte sich nicht auf die gemeinsame Arbeit, auch privat pflegten sie eine enge freundschaftliche Verbindung. Sie konnten sich aufeinander verlassen und hielten zusammen wie Pech und Schwefel, wie man so schön sagt. Das hinderte Fine aber nicht, im Betrieb eine eigene Meinung zu vertreten, ohne dabei die Vorgesetztenfunktion von Hermine in Frage zu stellen. Doch sie war stets loyal, aber auch konstruktiv kritisch. Den anderen Frauen in der Schneiderei war diese Freundschaft lange Zeit ein Dorn im Auge, jedoch erkannten sie, dass ihre Vorgesetzte eine faire Gleichbehandlung unter den Schneiderinnen praktizierte, also Fine nie bevorzugte. Das war klug von Hermine und schaffte Vertrauen und Frieden. Auch dass Fine dem jüdischen Glauben angehörte, war nie ein Problem. Es gab ja auch Katholiken und Protestanten unter den Frauen. Es war ein erfreulich offenes und menschliches Miteinander. Eine leichte Veränderung trat erst ein, als die neue Regierung mit ihren grotesken Rassengesetzen die Bevölkerung verunsicherte und Feindbilder aufbaute.

Fine war es auch, der Hermine von dem Vorfall ihres Vaters mit den SA-Leuten erzählt hatte. Diese hatte sich sehr darüber erschreckt und davor gewarnt, dass Leonhard weiterhin seine kritische Meinung so offen äußerte. »Das wollen die nicht hören«, hatte Fine gesagt und von den tiefen Ängsten berichtet, die sich in der Synagoge breitgemacht hatten. Als sie nun erfuhr, dass der allseits geschätzte Chef sein Modehaus verkauft hatte und nach Amerika auswandern wollte, weinte sie und sagte bitter: »Das ist der Anfang vom Ende unseres harmonischen Lebens hier in Ulm, ja, in Deutschland.«

Sie sollte mit dieser Einschätzung leider recht behalten. Hermine gelang es trotz ihrer eigenen Ängste, die Freundin etwas zu beruhigen. Schon wenige Tage später meinte dann Fine, dass sie wohl zu schwarz gesehen habe. »Stell dir nur vor, wir von der jüdischen Gemeinde sind von der allmächtigen Partei als Zeichen guten Willens zu einer Erholungsreise eingeladen worden. Da ist alles für uns geplant und wir müssen nichts bezahlen. Weißt du, so ähnlich wie ›Kraft durch Freude‹. Das Reiseziel wurde uns nicht gesagt, denn es soll eine Überraschungsreise werden. Was sagst du dazu? Wir brauchen nur unsere Koffer mit den nötigsten Sachen mitzubringen. Alles andere bekommen wir gratis von denen.« Fine strahlte voller Vorfreude.

Hermine schaute die Freundin erschrocken an, was diese natürlich bemerkte.

»Ja, freust du dich nicht für mich?«, fragte sie gleich.

»Doch, schon«, antwortete Hermine, »mir fiel nur ein, dass ich erst gestern die Personalplanung für die nächsten Wochen fertiggestellt habe. Wann soll es denn losgehen? Ich muss dann den Urlaubsplan halt überarbeiten. Doch das wird kein Problem sein.«

In Wahrheit war ihr eingefallen, was Bekannte aus der Schneiderzunft erzählten: Alle jüdischen Mitarbeiter sollen schnell ersetzt werden durch nichtjüdische Zunftmitglieder. Sowohl diese vertrauliche Information der Innung als auch die Vorfälle mit dem verstorbenen Vater und die Emigration ihres früheren Chefs verstärkten das Misstrauen bei Hermine. Sie versuchte wortreich, Fine die Teilnahme an dieser Reise auszureden. Sie bat sie: »Fahre da nicht mit. Ich bin gerne bereit, dir eine Bescheinigung auszustellen, aus der klar hervorgeht, dass wir dir im Moment keine Freistellung genehmigen können. Unsere enorme Auftragslage – die du kennst – erlaubt dies einfach nicht. Du weißt ja, dass wir schon seit Wochen alle Überstunden arbeiten. Und ganz ehrlich: Ich traue denen überhaupt nicht!«. Doch Fine meinte daraufhin ganz bestimmt: »Wir haben in der jüdischen Gemeinde beschlossen, dass wir alle zusammen an der Reise teilnehmen wollen. Unser Rabbiner ist sich auch sicher, dass dieser große Teilnehmerkreis es verhindern wird, dass die Partei Bösartigkeiten mit uns machen wird. Glaube mir, das würden die sich nicht trauen!« Fine war nicht umzustimmen.

Wenige Wochen später erzählte ihr die Freundin, dass es nun losginge. Sie müsse am nächsten Tag um 21 Uhr mit einem Koffer am Bahnhof sein. Mehr Gepäck sei nicht erlaubt. Ihre anfängliche Begeisterung war einer skeptischen Nachdenklichkeit gewichen.

Hermine vereinbarte mit der Freundin, dass diese abends bei ihr vorbeikommen solle, um Abschied zu nehmen. »Ich begleite dich natürlich zum Bahnhof. Vielleicht kenne ich ja einen deiner Mitreisenden«, sagte sie.

Als Fine dann kurz vor 20 Uhr an der Haustür klingelte, sauste Hermine zu ihr. Sie hatte ihr ein kleines Vesperpaket zusammengestellt. »Gestiefelt und gespornt?«, fragte sie scherzhaft, »komm, lass uns gehen.«

Doch Fine erklärte der Freundin, dass sie allein zum Bahnhof kommen müsse. Eine Begleitung sei nicht erlaubt. Schon wegen der ständigen Gefahr von Luftangriffen. »Das hat uns heute der Mann vom Parteireisedienst gesagt, als er die Reisepapiere brachte. »Stell dir nur vor«, erzählte sie aufgeregt, »er bat mich, die Wohnungsschlüssel meiner Vermieterin zu geben. Die wollen während meiner Reise nach meiner Wohnung schauen. Sie kümmern sich wirklich um alles.« Während sie das sagte, hatte sie Tränen in den Augen. Sie umarmte die Freundin lange und flüsterte: »Du, die drei Wochen sind schnell vorbei. Wenn ich zurück bin, erzähle ich dir, was ich alles erlebt habe, versprochen.«

Hermine war sich inzwischen sicher, dass mit dieser »Reise« etwas nicht stimmte. Heimlich hatte sie einen früheren Kollegen ihres Vaters bei der Reichsbahn nach diesem bewussten Zug gefragt. Der hatte herumgedruckst und wollte partout keine Auskunft geben. »Ich darf darüber nicht sprechen, das ist alles streng geheim. Aber etwas stimmt da nicht. Der Zug steht in keinem amtlichen und planmäßigen Fahrplan der Reichsbahn. Das habe ich noch nie erlebt. Aber bitte verrate mich nicht. Ich bekomme sonst die größten Schwierigkeiten«, hatte er gesagt.

Winkend machte sich Fine auf den Weg zum Bahnhof. Hermine schaute ihr lange nach, bis sie in der Dunkelheit verschwunden war.

Schnell waren die drei Wochen vorüber und Hermine war auf die Erlebnisse der Freundin gespannt. Wie heißt es so schön: Wenn einer eine Reise tut, dann kann er was erzählen. Doch Fine meldete sich nicht. Auch erschien sie nicht wie vereinbart an ihrem Arbeitsplatz. Da wurde bei den Frauen in der Schneiderei schon intensiv getuschelt, wo die Kollegin denn abgeblieben sei.

Nachdem zwei Tage ohne Lebenszeichen von Fine vorübergingen, meldete sich Hermine bei dem neuen Firmenchef. Diesem schilderte sie alles sehr detailliert und wies darauf hin, dass die mit der Firma vereinbarte Urlaubszeit längst überschritten sei. Fine fehlte in der Schneiderei und bedingt durch die starke Auftragslage müssten die anderen Frauen bereits Überstunden leisten. Hermine war ratlos, zumal Fine eine äußerst pflichtbewusste und zuverlässige Mitarbeiterin und Freundin war. Sie mache sich große Sorgen

Der Chef erklärte sich sofort bereit, mit der Reisestelle der Partei in Verbindung zu treten. Hermine ihrerseits wollte unverzüglich die Vermieterin mit der Schlüsselgewalt aufsuchen. Vielleicht hatte sie Informationen über den Verbleib der Nachbarin Fine.

Die Vermieterin erklärte ungefragt, dass auch sie sich Sorgen um ihre verreiste Nachbarin mache. Auch ihr sei aufgefallen, dass sie ohne Nachricht bisher nicht aus dem Urlaub zurückgekommen wäre. Sie habe auch schon bei dem sogenannten Reisedienst der Partei nachgefragt. Doch unfreundlich war ihr gesagt worden, sie möge sich nicht um die Angelegenheiten anderer Leute kümmern. Überhaupt gebe es momentan nichts zu ihrer Mitbewohnerin zu sagen. Sie könne die Wohnungsschlüssel ja dem Reisedienst übergeben. Doch das wollte sie nicht tun und sie erklärte dem Braunhemd energisch: »Fine Vogelmann hat mir den Wohnungsschlüssel übergeben und nur von mir bekommt sie, und nur sie, diesen wieder zurück.«

Beide Frauen waren sich einig, dass etwas nicht stimmen konnte. Vielleicht war Fine krank und brauchte Hilfe? Hermine erzählte von ihrem Chef, der auch nach ihr fragen wollte: »Der kann sehr energisch sein. Auch fehlt ihm ja eine tüchtige Arbeitskraft. Da will er bestimmt wissen, ob er die aufgelaufene Fehlzeit als unbezahlte Freistellung in den Büchern führen soll oder gar als Arbeitsunfähigkeit infolge von Krankheit. Ich bin sehr gespannt, was er mir berichten wird. Wir bleiben in Verbindung«, versprach sie Fines Nachbarin.

Gleich am nächsten Tag suchte sie wieder ihren Chef auf. Der erzählte ihr verärgert: »Das ist eine merkwürdige Geschichte, die mir da aufgetischt wurde.« Er schüttelte den Kopf. »Erzählte mir dieser Reisedienstmann, dass Fine an einem anderen Ort, dessen Namen er mir nicht sagen dürfe, eine Arbeitsstelle angenommen habe. Sie würde nicht mehr nach Ulm zurückkommen. Daraufhin forderte ich eine schriftliche Kündigung des Arbeitsverhältnisses in meinem Betrieb. Und zwar schnellstens. Auch wies ich ihn darauf hin, dass Frau Vogelmann von meinem Unternehmen einen Betriebsausweis erhalten habe, nachdem ihr die eigene Kennkarte (Personalausweis) abgenommen wurde aufgrund dieses absurden Gesetzes von 1933[1], das ich nie verstanden habe. Der Volksgenosse lehnte sich in seinem Stuhl zurück, blickte mich böse an und sagte zu mir: ›Wenn Sie Ärger machen wollen, dann sagen Sie das nur. Dann werden **w i r** Ihnen Ärger machen und das geht nicht gut für Sie aus. Das kann ich Ihnen garantieren. Auch finde ich es sehr merkwürdig, dass Sie Reichsgesetze* absurd finden.‹« Hermines Chef machte eine nachdenkliche Pause, dann fuhr er fort: »Der drohte mir ganz offen, stellen Sie sich das mal vor.«

Schließlich berichtete er weiter, dass er den Vorfall sofort mit seinem Rechtsanwalt besprochen habe. Dieser habe ihm geduldig zugehört und dann gemeint: »Das lassen wir besser auf sich beruhen. Beenden Sie das Arbeitsverhältnis der Frau mit dem letzten Tag der Reise. Die Papiere schicken Sie an das Parteibüro mit der Bitte um Weiterleitung an Fine Vogelmann. Ich rate Ihnen dringend, legen Sie sich nicht mit denen an. In Ihrem Interesse und im Interesse Ihres Betriebes.«

In Panik hörte Hermine dem aufgebrachten Mann zu. Dabei fiel ihr ein, was ihr erster Chef mahnend zu ihr gesagt hatte: Die schrecken vor nichts zurück! »Also unternehmen wir nichts?«, fragte sie ihren Chef.

Er nickte. »Das widerstrebt mir total, aber ich sehe keinen anderen Weg. Auch Ihnen rate ich, nichts zu unternehmen. Wenn es stimmt, was der Typ zu mir gesagt hat, wird sich Ihre Freundin wahrscheinlich irgendwann bei Ihnen melden. Alles andere will ich gar nicht denken.«

Hermine war nach diesem Gespräch völlig fertig. Sie hoffte trotzdem auf ein gutes Ende und auf ein baldiges Wiedersehen mit ihrer Freundin. Wo immer sie auch momentan wäre. Doch sie sollte Fine Vogelmann nie mehr wiedersehen.

Ulm 1944:
Schicksal

Zwillingsschwester Lotte lebte mit dem großen Hugo in einem kleinen gemieteten Häuschen in Langenargen am Bodensee. Sie fühlte sich sehr wohl in dem beschaulichen Ort. Ihre Ehe war von herzlicher Liebe und gegenseitigem Respekt geprägt. Seitdem ihr Ehemann im Ruhestand war, hatten sie auch endlich das, was ihnen bisher vor allem fehlte: Zeit. Für sich und die herrliche Bodenseelandschaft. Die besondere Attraktivität dieses Paradieses sorgte allerdings auch dafür, dass die Verwandten aus Ulm oder von der Schwäbischen Alb regelmäßig zu Besuch kamen. Doch sie waren stets willkommen. Doch dann geschah es an einem sonnigen Augustmorgen: Lotte war einfach nicht aufgestanden, wollte ihren tiefen Schlaf offensichtlich nicht beenden. Das wunderte ihren Ehemann, denn sie war eine ausgesprochene Frühaufsteherin, weshalb sie auch auf den Spitznamen »Lerche« hörte. Auch hatte sie noch am Abend zuvor mit der ihr eigenen Akribie und Vorfreude einen leckeren Sauerbraten vorbereitet. Im schwäbischen Dialekt sagt man dazu auch »ein-

49

gelegt«. Einen Termin bei ihrem Friseur hatte sie für diesen Tag fest gebucht und bei Terminen war sie stets äußerst gewissenhaft.

Doch Lotte sollte nie wieder aufstehen. Sie war in der Nacht zum großen Bruder des Schlafes, dem Tod, konvertiert. Ihr krankes Herz hatte in der Nacht aufgehört zu schlagen. Es war wohl müde und voll irdischer Schwere. In der Stille der Nacht hatte sie diese Welt leise verlassen. Ganz plötzlich war der große Hugo allein. Das gefiel ihm überhaupt nicht. Auch fehlte ihm seine Lotte so sehr, ihre liebenswerte Fürsorge und warme Menschlichkeit. Er begriff plötzlich, wie wichtig Lotte für ihn war. Wie sie sein Leben mit ihrer Herzlichkeit verschönt und mit ihrem nimmermüden Fleiß angenehm gemacht hatte. Ja, sie hatte ihn verwöhnt. Doch das war ihm in dieser Deutlichkeit nie bewusst gewesen. Späte Einsicht!

Die harte Trauerarbeit begann. Eine schlimme Erfahrung für ihn. Nach einigen Wochen der Einsamkeit überlegte er, wie er diesen Zustand ändern könnte. Da fiel ihm ein, dass in Ulm seine ledige Schwägerin Hermine lebte. Sie hatte bisher ihren alten Vater versorgt und gepflegt, bis er der Welt und seiner geliebten Reichsbahn endgültig adieu gesagt hatte. Sie lebte allein in der Donaustadt, im Schatten von Garnisonskirche, der heutigen Pauluskirche, und dem Münster. Diese für sie wichtigen Fixpunkte gehörten einfach zu ihrem Leben.

Sie gaben ihr Halt und Stabilität. Sie freute sich jeden Tag darüber, und über ihr Ulm.

Die kreative Damenschneiderin arbeitete trotz des zeitbedingten beständigen Wandels immer noch in dem exklusiven Modehaus mitten in der Ulmer Innenstadt, direkt an der legendären Hirschstraße, dem »Kurfürstendamm« von Ulm gelegen. »Individuelle Eleganz und hohe Qualität muss meine Arbeit auszeichnen«, das war immer noch ihr hoher Qualitätsanspruch. Sie selbst war immer top gekleidet. Kleider machen Leute – das war ihre immer gültige Philosophie. Wie oft hatte sie die gleichnamige herrliche Novelle von Gottfried Keller gelesen, deren Inhalt regelrecht verschlungen.

Doch zurück zu den Gedankenspielen des großen Hugo. Schon immer war er ein pragmatisch denkender und handelnder Mann. Daher seine Schlussfolgerung: »Ich lebe allein in Langenargen, meine Schwägerin Hermine allein in Ulm. Die logische und konsequente Lösung drängt sich ja förmlich auf: Die Schwägerin kommt zu mir an den Bodensee. Notfalls heirate ich sie, um dem dörflichen Klatsch wirkungsvoll zu begegnen. Natürlich erst nach Ablauf einer angemessenen Trauerzeit. Es wird ihr gut gehen bei mir und sie kann mit ihren 56 Jahren endlich aufhören zu arbeiten.«

Ob Hermine mit ihrem Leben in Ulm zufrieden

war, ihren Beruf liebte und auch einen handver-
lesenen Freundeskreis hatte, waren Überlegungen,
die dem großen Hugo völlig fremd waren. Durch-
drungen von seinen edlen Gedanken setzte er sich
in den Zug und dampfte nach Ulm.

Sofort nach der Ankunft spazierte er zielstrebig
zu Hermine. Mit großer Überzeugungskraft, zumindest glaubte er das, erläuterte er ihr seinen
edlen wie praktischen Plan über ihr künftiges Zu-
sammenleben.

Zu seiner großen Überraschung fiel ihm die Aus-
erwählte nun keineswegs begeistert um den Hals.
Sie schaute ihn vielmehr nachdenklich an und versprach, über seinen Vorschlag nachzudenken. »In
drei Wochen habe ich sowieso Urlaub und fahre
dann zu dir nach Langenargen. Da können wir
dann über alles in Ruhe reden, einverstanden?«,
sagte sie.

Damit hatte der erfolgsverwöhnte große Hugo
nicht gerechnet und er musste diese durchaus
nachvollziehbare Reaktion erst verdauen. Es half
nichts, er musste das so akzeptieren, wenngleich
er es als halbe Zurückweisung empfand. Noch am
selben Abend fuhr er an den Bodensee zurück, in
keiner Weise zufrieden mit dem Ergebnis seiner
besonderen Mission.

Hermine hingegen blies schelmisch ihre Bäckchen auf, was sie stets dann tat, wenn sie sich
durch besondere Pfiffigkeit auszeichnete. War sie

doch gut vorbereitet gewesen. Sie hatte in ihrer weiblichen Klugheit und Intuition mit diesem Vorschlag gerechnet, immerhin kannte sie ihren Schwager gut. Wie oft hatte sie mit ihrer verstorbenen Schwester über den großen Hugo gesprochen und dass er keineswegs so »groß« war, wie er sich stets darstellte. Sie kannte ihren Schwager also besser, als dieser auch nur ahnte. Wie oft hatte Lotte zu ihr gesagt: »Wenn mir etwas passieren sollte, dann kümmerst du dich bitte um ihn. Für das Alleinsein ist er nicht gemacht.«

Die drei Wochen würden schnell vorbei sein und dann würde sie sich auf den Weg nach Langenargen machen.

Langenargen 1944:
Bahnfahrt ins Glück

Während des Zweiten Weltkrieges war die Bevölkerung verpflichtet, bei Einbruch der Dunkelheit Häuser und Wohnungen zu verdunkeln. Das bedeutete, alle Öffnungen wie Fenster und Türen unter Verwendung von Decken, Karton, Papierbahnen abzudichten, sodass kein Lichtstrahl hinausdrang. Der Fantasie waren keine Grenzen gesetzt. Es musste unbedingt verhindert werden, dass auch nur der kleinste Lichtschein den Besatzungen der Bombenflugzeuge anzeigte: Da unten leben Menschen. Ansonsten wäre die Folge: Klappe auf und Bombe raus. Das Inferno mit Brand und Tod war eröffnet.

Die Stadt Ulm musste wie viele andere deutsche Städte einen bitteren Blutzoll zahlen. Der Mensch ist leider stets besonders kreativ, wenn es darum geht zu zerstören. Das zeigt sich schon im Kindergarten in der Sandkiste, wo mit großer Freude die Burg anderer Kinder zerstört wird.

In Ulm galt dieses Verdunklungsgebot natürlich auch. Deshalb war es finstere Nacht, als sich Hermine auf den Weg zum Bahnhof machte. Sie wollte mit dem Nachtzug an den Bodensee fahren, um ihr eventuelles künftiges Domizil wie auch den großen Hugo zu inspizieren. »Das muss jetzt einfach sein«, sagte Hermine zu ihrer Nachbarin, die sich Sorgen machte wegen der Bahnfahrt mitten im Krieg.

Es war unheimlich, durch die sonst so belebte und bei Dunkelheit hell beleuchtete, nun aber dunkle Stadt zu spazieren. Keine Menschenseele war zu sehen. Es war gespenstisch ruhig in den Straßen. Am Bahnhof angekommen, fand sie aber trotz fehlender Beleuchtung flink den Bahnsteig, von dem der Zug nach Friedrichshafen abfahren sollte. Auf die Reichsbahn war halt Verlass. Der viele Personenwagen umfassende Eilzug stand schon bereit, um in die Nacht zu fahren. Die Schienen zeigten zuverlässig den richtigen Weg. Feindliche Jagdflieger, die regelmäßig Züge beschossen, lagen hoffentlich nicht auf der Lauer, so hofften alle Reisenden optimistisch.

Der Bahnsteig befand sich in absoluter Dunkelheit. Zum Glück spendete der nur zur Hälfte hinter den Wolken versteckte Mond etwas Licht. Hermine wählte den letzten Wagen des Zuges. Sie war eine erfahrene Bahnfahrerin, da ihr verstorbener Vater Beamter bei der Reichsbahn gewesen war und die Familie dadurch unbegrenzte Freifahrten für das gesamte Bahnnetz bekommen hatte. Das war natürlich kräftig genutzt worden.

Routiniert bestieg Hermine also den Personenwagen dritter Klasse, so wie immer. So wie immer?
Nein, so war es diesmal nicht. Zum einen war es,
wie bereits erwähnt, stockdunkel. Dann musste
sie merkwürdigerweise so viele Treppen steigen
wie nie zuvor, um die Waggontür zu erreichen. Sie
wunderte sich schon, kletterte aber munter weiter
in Richtung Abteil. Da rief plötzlich eine kräftige
Männerstimme: »Hallo, wo wollen Sie denn hin?«

Erschrocken antwortete sie: »An den Bodensee.«
Schemenhaft erkannte sie den rufenden Mann
unter ihr auf dem Bahnsteig, zu ihrer Beruhigung
in einer vom Vater vertrauten Uniform der Reichsbahn.

Der schüttelte nun den Kopf und sagte streng:
»Aber Sie dürfen doch nicht im Bremserhäuschen[2]
mitfahren. Das ist nur für den Dienstgebrauch.«

Da erst begriff sie, warum es so ungewohnt steil
nach oben in den Wagen ging. Hatte sie doch
tatsächlich die reguläre Tür in den Personenwagen
verwechselt und mühsam die Zugangstreppe, die
mehr einer Leiter gleichkam, zum Bremserhäuschen erklommen.

Flugs stolperte sie wieder abwärts und unter
dem strengen Blick des Schaffners bestieg sie den
Waggon auf dem für Bahnreisende üblichen Weg.
Kaum hatte sie Platz genommen, da setzte sich der
Zug auch schon in Bewegung in Richtung Fried-
richshafen.

Ulm/Langenargen 1944 bis 1947: die Vereinbarung

Bahnhof Langenargen, kurz vor Mitternacht. Erwartungsvoll wartete der große Hugo auf seinen wichtigen Besuch aus Ulm. Seine Zukunft! Mit einem großen Blumenstrauß in der Hand begrüßte er die Ulmerin und Schwägerin Hermine, die trotz der späten Stunde energiegeladen aus dem Nachtzug stieg. Die Willkommensblumen nahm sie freudig entgegen und sofort machten sich die zwei auf den kurzen Weg zum Marktplatz.

Im Haus angekommen, nahm sie ganz selbstverständlich in seinem Sessel Platz und kam sofort auf den Grund ihres Besuches zu sprechen. Die Angelegenheit duldete keinen Aufschub. Mit fester Stimme erklärte sie: »Ich bin mit deinem Vorschlag einverstanden und werde nach Langenargen umziehen. Allerdings habe ich ein paar kleine Bedingungen, die du mir sicher erfüllen wirst.«

Da schluckte der große Mann. »Wir können über alles reden«, sagte er und blickte aufmerksam auf seine zierliche, modisch gekleidete Schwägerin. Erstaunt registrierte er, dass ihm das Ulmer

Schneiderlein gefiel. Gut schaute sie aus! So hatte er sie nicht in Erinnerung. Sie war so anders als seine Lotte. Wie Zwillinge doch verschieden sein können, dachte er.

Sie klärte ihn über ihre Pläne auf, wohl überlegt und ohne Punkt und Komma. Die Chefin der Schneiderei war deutlich erkennbar. Sie sagte: »Also, zunächst ziehe ich nach Langenargen, um mich einzuleben. Zu gegebener Zeit sollten wir dann heiraten, wir wollen dem Dorftratsch doch entgegenwirken. Die Trauung wird im Ulmer Münster erfolgen. Die gesamte Familie und ›unsere‹ Kinder sowie alle meine Freunde werden eingeladen. Die anfallenden Kosten übernimmst natürlich du. Mindestens einmal im Jahr fahre ich zu meinem Klassentreffen nach Ulm. Ohne dich. Gewissermaßen als Hochzeitsreise machen wir dann eine Bodenseerundfahrt, sobald dies wieder möglich ist.«

Charmant lächelnd hatte Hermine ihren Forderungskatalog vorgetragen. Dem großen Hugo imponierte das richtig und er war sofort mit allen Wünschen einverstanden. Er antwortete: »Eine Trauung im Münster ist der angemessene Rahmen für unsere Hochzeit und ein guter Start in unsere gemeinsame Zukunft.«

Sie waren sich einig. Hermine würde dann also mit kirchlichem Segen Ehefrau, dreifache Stiefmutter und sechsfache Stiefgroßmutter. Das sollte ihr erst einmal jemand nachmachen. Natürlich hatte die künftige Hausherrin das letzte Wort: »Mein lieber Hugo, eins muss ich schon noch hervorheben: So leicht wie ich hat eine Frau wohl noch nie drei so prachtvolle Kinder bekommen«, sagte sie lachend.

Danach konnte wohl nichts mehr kommen. Zu dieser scherzhaften Anmerkung fiel auch dem großen Hugo nichts mehr ein. Nein, er war sprachlos. Und das kam bei ihm selten vor. Gibt es einen besseren Start in eine gemeinsame Zukunft?

Nach erfolgter Trauung ohne Zwischenfälle, Coatle ließ grüßen, war die Eingewöhnungszeit schnell vorbei bei dem »jungen« Paar. Die beiden Neuvermählten hatten sich aneinander gewöhnt und lebten ein harmonisches Miteinander. Lotte war sicher zufrieden, wenn sie von oben hinunter nach Langenargen schaute.

»Eins, zwei, drei! Im Sauseschritt läuft die Zeit; wir laufen mit«, schrieb einst Wilhelm Busch, dessen Bücher Hermine so liebte, und meinte damit, wie schnell die Zeit sich und wie rasch wir uns verändern. Das galt auch für Hermine und Hugo.

Nachdem endlich wieder Frieden in Deutschland herrschte, beschlossen sie, nunmehr die versprochene Hochzeitsreise anzutreten. Die Bodenseeschifffahrt hatte mit ihrer Weißen Flotte den

Betrieb wieder aufgenommen und so stand der Schiffsreise nichts mehr im Wege. Schiff ahoi!

Bregenz 1950:
dem Himmel so nah

Der elegante Bodenseedampfer AUSTRIA machte pünktlich im Hafen der Festspielstadt Bregenz fest. Die malerische Stadt ist ein attraktives Reiseziel in der Bodenseeregion. Das liegt nicht nur an den Festspielen, auch der alte Stadtkern und die traumhafte Uferpromenade erklären den besonderen Reiz. Dann gibt es als Zugabe noch den legendären Hausberg, den Pfänder. Zu seinem Gipfel in 1.064 Meter Höhe fährt eine komfortable Seilbahn. Von dort hat man einen traumhaften Blick auf weite Teile des Schwäbischen Meeres – sofern der See nicht gerade von einem Wattebett aus Wolken zugedeckt ist.

Hermine hatte sich diesen Ausflug vom großen Hugo gewünscht und auch die Stiefkinder begleiteten sie gerne und mit großer Freude. An der Bergstation angekommen, wollte die kleine Gesellschaft zum Gipfelrestaurant spazieren. Plötzlich wurde Hermines Gesicht kalkweiß und sie schwankte sichtbar. Ihr Kreislauf akzeptierte wohl den Höhenunterschied nicht und tendierte deutlich in Richtung einer veritablen Ohnmacht. Die nächste Wiese wurde zum Notlazarett. Vorsichtig wurde sie in das kühle Gras gelegt und der große Hugo legte ihre zierlichen Füßchen erhöht auf sein zusammengerolltes Jackett. Stiefsohn Friedhelm flitzte zum Gipfelkiosk, um ein Fläschchen Cognac zu kaufen. Die anderen »Sanitäter« sprachen beruhigend mit Hermine und fächelten frische Bergluft auf ihr liebes Gesicht. Sie sagte mit schwacher Stimme: »Ich glaube, jetzt ist es aus mit mir. Es ist schon gut, dass ich schon so weit oben bin. Da muss ich nicht mehr so weit laufen bis ins Himmelreich.«

Doch fürsorglich stand Friedhelm inzwischen bei ihr und ließ sie in kleinen Schlückchen von dem Cognac trinken. Und siehe da, die Wundermedizin wirkte wie immer bei Hermine und die Lebensgeister kehrten flugs zu ihr zurück. Ihre Bäckchen nahmen ein gesundes Rot an und sahen aus wie saftige Bodenseeäpfel. Sie atmete tief durch und bemerkte nun schelmisch: »Na, dann eben doch noch nicht.« Dabei blinzelte sie nach oben in den blauen Himmel.

Hermine und der Cognac – das war schon eine ganz besondere Beziehung.

Langenargen 1958: Wechselfälle des Lebens

Hermine lebte gerne in Langenargen, einem Ort, der laut Werbung die Sonnenstube des Bodensees ist. Eine romantische Idylle, dominiert von dem rätselhaften, in maurischem Stil erbauten Schloss Montfort. Sie betrachtete den liebenswerten Ort als ihren Altersruhesitz, ganz nach dem Motto: endlich angekommen.

Doch da gab es noch den umtriebigen großen Hugo, der stets voller Ideen war, auch örtliche Veränderungen waren bei ihm nicht ausgeschlossen. Aber davon wusste sie noch nichts. Musste sie auch nicht, denn ihr Gatte, wie sie ihn schmunzelnd nannte, wusste stets, was gut für sie war. Meinte er zumindest. Er sorgte für den Bedarf des täglichen Lebens, erledigte alle Bankgeschäfte und sogar bei Wahlen machte er für sie das fällige Kreuzchen auf dem Wahlschein. Sie empfand es nicht als Bevormundung, zumal er stets ihre Wünsche abfragte und auch berücksichtigte. Sie genoss dieses Umsorgtsein nach der langen Zeit ihrer beruflichen und familiären Belastung. Es war für sie eine neue und schöne Erfahrung.

Dann erfuhr der große Hugo, dass in Ulm ein Wohnungsprogramm für im Krieg ausgebombte Bürger angeboten wurde. Für Ulmer Bürger, die ihre Wohnungen durch Bombenangriffe verloren hatten, wurde neuer Wohnraum geschaffen. Sofort bewarb er sich um eine solche Neubauwohnung. Seine Gattin zählte tatsächlich zum berechtigten Personenkreis. »Sollte das klappen, dann überrasche ich die Hermine damit, und gemeinsam geht es zurück in die Münsterstadt«, so seine grandiose Idee. Ja, Ideen hatte der Mann!

Tatsächlich klappte es. An einem gemütlichen Abend bei einem Glas vom guten Bodenseewein erzählte er seiner Frau von seinem Coup: »Stell dir vor, in vier Wochen ziehen wir um nach Ulm, in eine schöne Neubauwohnung am Eselsberg. Den Möbelwagen habe ich schon bestellt.«

Die völlig überraschte Hermine blickte ihren Gatten konsterniert an und war sichtlich verärgert. Wen wundert das? Sie schluckte, atmete tief durch und dann legte sie los und schwätzte ihren Mann erbarmungslos in die Defensive: »Ja spinnst du denn? Warum bin ich nach Langenargen gezogen, wenn du ohnehin bei der nächsten Gelegenheit nach Ulm zurückwillst? Dann hätte ich ja gleich dortbleiben können.« Sie kochte vor Wut.

Erst nach einer harten und ausführlichen Diskussion akzeptierte sie diesen Alleingang des großen Hugo. Doch Bedingungen stellte sie verständlicherweise schon, da war die kräftige Erhöhung des Haushaltsgeldes geradezu eine kleine Randnotiz. Praktisch, wie sie eben war, meinte sie aber auch: »Dann muss ich ja künftig zu meinem wichtigen jährlichen Klassentreffen nicht mehr mit dem Zug fahren. Da werden sich meine Freundinnen freuen. Und die Familien unserer Kinder Berta und Friedhelm leben ja in Heidenheim. Ein Katzensprung für mich und für sie. Beinahe eine kleine Familienzusammenführung.«

Nach dem langen und heftigen Wortgefecht schwieg Hermine. Der große Hugo blickte misstrauisch zu seiner Frau. Nachdem sie ihn zuvor mit atemberaubenden Wortkaskaden niedergemacht und nun doch zum geplanten Wohnungswechsel eingelenkt hatte, wartete er darauf, was dieses Energiebündel noch im Schilde führte. Man(n) wusste ja nie.

Doch Hermine hatte zu dem Unternehmen »Umzug nach Ulm« ein deutlich positives Gefühl, was dazu führte, dass sie daran Gefallen fand. In Harmonie und innerem Frieden dachte sie: So schließt sich dann meiner und auch Hugos Lebenskreis endgültig.

Langenargen/Ulm 1960: Abschied vom Bodensee

Der Umzug nach Ulm verlief problemlos. Das lag auch an der sorgfältigen und vorausschauenden Planung des großen Hugos. Doch es blieb ein buntes Stück Leben mit vielen Erinnerungen in Langenargen zurück. Das Häuschen mit der postalischen Bezeichnung »Am Marktplatz« hatte in seiner langen Geschichte viel erlebt und das prägte spürbar seine besondere Atmosphäre. Wertvolle menschliche Beziehungen musste Hermine ablegen im Kapitel »Vergangenheit« ihres Lebensbuches. Ganz besonders zum Beispiel das liebenswerte Fräulein Doktor: Ratgeberin, Trösterin und kompetente Ärztin, zuständig nicht nur bei krankheitsbedingten Problemen. Oder die hilfsbereite Bäckersfrau schräg gegenüber, die ihre Geschäftszeiten nach dem Bedarf ihrer Kunden gestaltete. Die seitlich an der Bäckerei gelegene Tür zur Wohnung war stets offen für hungrige Seelen. Goldene Zeiten! Ebenso der Herr Dekan im Pfarrhaus nebenan, der seiner protestantischen Nachbarin

Hermine immer hilfreich zur Seite stand. Gelebte Ökumene.

Und dann natürlich der Mann für alle Fälle: Hermann, der Tausendsassa in allen Lebenslagen, voller Vitalität und sprudelnder Ideen. Unvergessen und exemplarisch seine legendäre spezielle Mission in der prachtvollen barocken Kirche St. Martin, wo er Mesner war und sein Amt nicht nur ausübte, sondern wahrhaft lebte. Es hatte sich der Bischof zur Visite angesagt – große Aufregung in der Pfarrgemeinde. Dieser wolle eine ganz besondere Predigt halten, hieß es. Obwohl: Das gehörte sich ja wohl für diesen hohen Würdenträger. Doch er scheute das schmale Treppchen hinauf in die Kanzel. Also musste ein besonderes Podest her, damit der hohe Würdenträger im gesamten Kirchenraum auch gesehen und vor allem gehört wurde.

Spontan bastelte der kreative Hermann unter Verwendung stabiler Obstkisten – »das Beste: Obst vom Bodensee« stand in dicken Lettern auf der Kiste – ein kühnes Podium. Als das Meisterwerk vollendet war, machte der Mesner eine Stehprobe. Doch in seinem großen Eifer hatte er sein Übergewicht vergessen. Und so passierte es: Es krachte und splitterte gar fürchterlich und Hermann versank dramatisch in der Tiefe. Er erinnerte dabei deutlich an die Höllenfahrt des Don Giovanni in der gleichnamigen Mozart-Oper. So stabil waren die Holzkisten dann doch nicht.

Nach einer Schrecksekunde der absoluten Ruhe fluchte er so lästerlich in dem Gotteshaus, dass die mit dem Blumenschmuck beschäftigten Frauen sich fromm bekreuzigten und ihre Augen um Vergebung bittend gen Himmel richteten. Darunter auch Hermine, die auf ausdrückliche Bitte des Herrn Dekan fleißig mithalf, da ihr hochentwickelter Sinn für Farben und gestalterische Ästhetik eine echte Bereicherung bei dieser Dekoration war.

Die ebenfalls anwesende, sehr fromme Ehefrau von Hermann fiel spontan in eine rettende Ohnmacht, nachdem sie allerdings vorher noch entsetzt »Aber Hermann« gehaucht hatte.

Eine kleine Prise Komik steckte in diesem Vorfall zweifellos und der Schelm in Hermine bemerkte das natürlich sofort. Nur mühsam konnte sie ein befreiendes Lachen unterdrücken. Und das war gut so.

Ja, der Abschied von Langenargen bedeutete für Hermine den Verlust eines wunderschönen Stückes Heimat.

Ulm 1961: Heimat

Nun also Ulm. Im Grunde: schon wieder Ulm.

Die beiden Neubürger saßen auf ihrem geräumigen Balkon im Trollinger Weg. Die Sonne beendete stimmungsvoll ihren Tagesumlauf, um sich für den nächsten Tag zu erholen. Der leckere Württemberger Trollinger Wein duftete verlockend aus dem Glas, das vor ihnen stand. »Na, Hermine, wie gefällt es dir denn zurück in Ulm?«, fragte der große Hugo neugierig.

Sie überlegte kurz und antwortete dann hintersinnig: »Der See ist halt weg. Aber dafür habe ich mein Münster und auch die Garnisonskirche wieder.«

Es war ganz still auf dem Freisitz. Der vertraute Geruch von Langenargen, den die alten Möbel, Kissen, die kuschelige Sofadecke verströmten, eine Mischung aus See und morbider Bausubstanz des alten Hauses, zauberte die besondere Atmosphäre vom Bodensee herbei, die sie so lieben gelernt hatten. Das neue Ulm hatte in ihren Seelen noch keinen rechten Platz gefunden. Das wird die Zeit schon regeln, dachte Hermine jedoch zuversichtlich. Ihre positive Einstellung zum Leben kam ihr dabei zu Hilfe. Und als sie dann in das glückliche Gesicht des großen Hugos blickte, war sie überzeugt, die richtige Entscheidung getroffen zu haben. Besonders für ihn. Er strahlte Glück und tiefe Zufriedenheit aus, war er doch endlich wieder daheim.

Sie hatte schon in Langenargen gespürt, dass er zurück an den Ort wollte, wo er geboren und aufgewachsen war. Ihm zuliebe hatte sie alle ihre Bedenken zu dem neuerlichen Wohnortwechsel zurückgestellt.

Manchmal verfügte Hermine über hellseherische Kräfte, so auch, als sie in diesem Moment nachdenklich zum großen Hugo sagte: »Das wird jetzt aber deine letzte Station sein.« Womit sie absolut richtig lag, denn nach knapp zwei Jahren verstarb der große Hugo plötzlich und unerwartet an einem Schlaganfall. Hatte er seine Nähe zum Tod gespürt und deshalb einfach heimgewollt?

Es folgte tatsächlich sein letzter und großer Umzug in das Familiengrab auf dem Ulmer Friedhof. Vorsorglich hatte er schon vor Jahren seine Daten – auch die von Hermine – vom Steinmetz in den Grabstein meißeln lassen. Er wurde 76 Jahre alt.

Einige Jahrzehnte später erfuhr Hermine dann zu ihrer großen Überraschung, dass dieses Familiengrab »von unbekannten Kräften«, so ihre ironische Anmerkung, gekündigt und aufgelöst worden war. Doch davon später.

Der überraschende Tod vom großen Hugo löste bei Hermine und auch ihrer Familie große Betroffenheit aus. Plötzlich und unerwartet – diese in Todesanzeigen so häufig verwendete Formulierung – traf hier unbedingt zu. Niemand hatte sich vorstellen können und wollen, dass dieser vitale und lebensfrohe Mann die Welt so früh verlassen würde. Hatte er doch stets den Eindruck vermittelt, die Regeln menschlicher Endlichkeit ein wenig auszuhebeln. »Dazu hätte er nicht nach Ulm umziehen müssen«, meinte Hermine und fragte sich insgeheim, ob er auch im ländlichen Langenargen so früh seine letzte große Reise hätte antreten müssen.

Ulm/Heidenheim 1962: der nächste Umzug

Schnell bemerkte Hermine, dass Ulm für sie ohne den großen Hugo an Bedeutung verloren hatte. Sie fühlte sich einsam in ihrer Vaterstadt, die sich doch stark verändert hatte. Sie staunte darüber, doch das war eine in ihrer jahrelangen Abwesenheit entstandene Realität.

Die noch verbliebenen Schulfreunde und früheren Kolleginnen waren ihr zu wenig. Es reichte gerade noch für gelegentliche Treffen. Aber es waren immer weniger Frauen und Männer, die sich zum erinnerungsträchtigen Beisammensein fanden. Viele Verbindungen waren einfach weggebrochen. Das sei eben der Zahn der Zeit, wie sie befand. Doch so konnte es nicht weitergehen, das spürte sie deutlich. Es musste sich schnell etwas ändern. Mein verbleibendes Zeitkontingent auf dieser schönen Welt ist nicht unendlich, dachte sie realistisch.

Ihre bekannte Kreativität meldete sich zurück und sie entwickelte die Idee, ins nahe gelegene Heidenheim zu ziehen, lebten dort doch ihre Stiefkinder Berta und Friedhelm mit ihren Familien.

Entschlossen griff sie zum Telefon und bat die Verwandten um einen baldigen Besuch in Ulm. Sie wollte in einem strategischen Gespräch, so ihr kühnes Vorhaben, ihre Überlegungen mit den dazu gehörenden Aufträgen darlegen, um Zustimmung werben und um Mitarbeit bitten.

Die Heidenheimer waren zu ihrer Freude sofort mit ihren Plänen einverstanden und sie beschlossen, das Vorhaben sofort umzusetzen. Die Realisierung war dann schnell erledigt. Eine kleine, aber geräumige Zweizimmerwohnung war bald gefunden, mit moderner Küche, komfortablem Badezimmer und Balkon. Darüber hinaus ganz in der Nähe von Berta.

Wieder stand der Umzugswagen vor Hermines Tür. Diesen Umzug managte Friedhelm, ganz in den Spuren seines verstorbenen Vaters. Routine war inzwischen bei allen Beteiligten vorhanden. Es war sicher nicht falsch, wenn Friedhelm verschmitzt von »Hermines Wanderzirkus« sprach.

Einige Möbelstücke blieben aus Platzgründen in Ulm zurück. Es war also ein überschaubares Umzugsgut, wie der Spediteur treffend kommentierte. Während die fleißigen Heinzelmännchen, inklusive der Stiefenkel, arbeiteten, saß Hermine, sich ihrer zentralen Funktion bewusst, als der kommandoführende »Feldherr« in ihrem Lieblingssessel, der sie natürlich nach Heidenheim begleiten würde. Wahrlich ein treuer Begleiter!

Auf dem aus österreichischem Zirbenholz ge-
fertigten, wertvollem Servierbuffet stand auch
noch die heißgeliebte Christusfigur, kunstvoll und
aus feinstem Porzellan, zweifellos eine antiquari-
sche Rarität. Daneben eine Flasche Cognac, ohne
antiquarischen Wert und mit anderer inhaltlicher
Zweckbestimmung. »Der Heiland und der Cognac
kommen in mein persönliches Handgepäck«, ord-
nete Hermine energisch an. Diese sinnstiftende
Anweisung ging dann nachhaltig in die Familien-
geschichte ein. Kann man auch verstehen, angesichts dieser trefflichen Worte.

So geschah es, und das war dann letztlich auch
der Schlussstrich unter Hermines Abstecher nach
Ulm. »Auf zu neuen Ufern«, rief sie unterneh-
menslustig.

Nun also Heidenheim. Das war neu. Doch sie
fühlte sich in der Stadt zwischen Wald und Heide
sofort zuhause. Die überschaubare Stadt war ein
harmonisches Gesamtpaket, bestehend aus den
Gemeinsamkeiten mit den Kindern und ihren
eigenen Erwartungen. Berta, Friedhelm und die
vier Stiefenkel waren eine feste Größe für Hermine. Ihre besondere Kunst als Stiefgroßmutter
bestand darin, jedem Kind das Gefühl zu geben:
Du bist für mich etwas ganz Besonderes und Ein-
zigartiges und verdienst meine Aufmerksamkeit,
Liebe und Fürsorge. Das lebte sie glaubhaft mit

ihrer sprichwörtlichen Ausgewogenheit. Ein weiterer Beweis für ihr großes Herz.

So lebte nun die vitale und selbstständige Seniorin in der neuen gemütlichen Wohnung, die sie liebevoll einrichtete. Ein handwerklich geschickter und stets hilfsbereiter Hausmeister half ihr gerne bei allen Problemen und ein Lift sorgte für einen komfortablen Transport innerhalb des Hauses. Da sie in ihrer Mobilität kaum eingeschränkt war, bereitete ihr die Versorgung mit den Dingen des täglichen Lebens keine Probleme. Das lag auch daran, dass sie ihr Leben professionell und äußerst diszipliniert organisierte.

Mit spürbarer Lebensfreude, viel Humor und erstaunlicher Aktivität passte Hermine in keiner Weise zu der so häufig gebrauchten Beschreibung vom alten und hilflosen Menschen. »Das ist nicht selbstverständlich, sondern ein Geschenk vom lieben Gott«, sagte sie dankbar.

Heidenheim 1969: schwere Geburt

Lange brauchte Hermine nicht, um sich in Heidenheim und mit ihren Familien einzuleben. Sie selbst war eine echte Bereicherung für alle der sogenannten »Alb-Connection«. Mit ihrer großen Hilfsbereitschaft und einem stets offenen Ohr für den täglichen Wahnsinn des Lebens wurde sie schnell unentbehrlich. Keiner in Heidenheim wollte es sich schon nach kurzer Zeit mehr vorstellen, ohne sie hier zu leben. Das galt im besonderen Maße für ihre Stiefenkelkinder, für die sie auch stets einen offenen Geldbeutel hatte.

Und diese große Familie wuchs ja noch. So sollte im Januar weiterer Nachwuchs geboren werden. Die werdende Mutter Sonja war sehr aufgeregt am Tage der voraussichtlichen Entbindung. Sie saß erwartungsvoll in ihrer Wohnung auf der Couch und wartete darauf, dass es endlich losging. Schließlich stand dieser Termin auf der Bescheinigung des Arztes. Nachdem es so amtlich festgelegt war, hatte die Niederkunft auch gefälligst an diesem Tag zu erfolgen. Daran glaubte sie fest. Nein, das erwartete sie! Ordnung musste sein. Na ja, es war ihre erste Geburt.

Aber das Baby hatte einen eigenen Kopf im Sinne einer ausgeprägten Willensstärke. Es entschied kurzerhand: »Ich komme auf die Welt, wann **ich** will.« So begannen die Wehen mitten in der Nacht und eine wilde Fahrt in das Klinikum startete. Ein Formel-1-Rennen war dagegen eine lahme Veranstaltung. Allerdings dauerte es dann noch einige Stunden, bis das Mädchen schließlich geboren wurde. Mittels einer standesamtlichen Feststellung wurde es als Caterina im Meldebuch registriert. Wie alle Babys war es natürlich das schönste Baby aller Zeiten. Allerdings wurde festgestellt, dass es faul und träge war. Eine Eigenschaft, die sich im Laufe des späteren Lebens völlig ändern sollte. Aber das konnte damals noch niemand ahnen.

Für die Trägheit hatte es deutliche pränatale Hinweise gegeben. Das klingt sehr gescheit und meint die Zeit vor der Geburt. Da es kein großes Interesse an der großen weiten Welt außerhalb des sicheren Mutterleibes zeigte, musste es vom Geburtshelfer mit einer Saugglocke – diese wirkt wie ein Staubsauger, steril natürlich – aus dem mütterlichen Kokon gezogen werden. Eine Vakuumextraktion, so nannte der Gynäkologe diesen unheimlichen Vorgang, den der sichtlich verwirrte Vater spontan mit dem Zahnarzt und der Entfernung eines unnütz gewordenen Zahnes in Verbindung brachte.

Welche fatale Assoziation und wie unrealistisch. Ein unwissender Mann eben.

Dank Staubsaugereffekt landete das kleine Mädchen also auf den sterilen Tüchern dieser Welt. Der kräftige Ansaugdruck, Technik at its best, bewirkte allerdings eine mittelschwere Deformierung des kleinen Kopfes. Auf den ersten Blick glich das kleine Wesen einem aus fernen Galaxien stammenden Baby. Zwei ausgeprägte Beulen sahen aus wie Hörnchen und ließen es ein wenig diabolisch aussehen. Beruhigend kommentierte die Hebamme: »Das wird sich in den kommenden Wochen normalisieren.«

Trotz dieser beruhigenden Botschaft begann das Hörnchen-Baby lauthals und vollkommen menschlich zu brüllen, wie es sich eben für ein ordentliches Erdenbaby gehörte.

Hermine hatte sich zu Hause den problematischen Geburtsvorgang detailliert erklären lassen, konnte sie diesbezüglich allerdings auf keinen eigenen Erfahrungsschatz zurückgreifen. Bei der Geburt »ihrer« drei Kinder war sie ja bekanntlich im Modeatelier und hatte kreativ an eleganter Bekleidung gearbeitet. Ihre Kinder, zwei Mädchen und ein Junge, waren ja von ihrer Zwillingsschwester geboren worden. Als sie das geschilderte dramatische Geschehen im Krankenhaus mit Hilfe eines doppelten Cognacs verdaut hatte, beschloss sie eine sofortige Inspektion von Baby und Mutter.

Es war ein strenger, bitterkalter Winter. Der tagelange Frost hatte malerische Eisblumenbilder an die Fenster von Hermines Wohnung gezaubert. Das erinnerte sie daran, einen Blumenstrauß zu kaufen, um der jungen Mutter eine Freude zu machen. Dem herbeigerufenen Taxi und der sie begleitenden Stieftochter Berta war es zu verdanken, dass sie trotz der bestehenden Wetterverhältnisse ohne nennenswerte Verletzungen die Klinik erreichten. Die Knochenbruchhäufigkeit war in diesem Winter besonders hoch und die Gipsvorräte in der Unfallchirurgie gingen allmählich zur Neige.

Die Treppen zur Wöchnerinnenstation waren schnell überwunden und schon eilte Hermine in großer Vorfreude in das geräumige Zweibettzimmer von Mutter und Kind. Doch der klimatische Unterschied zwischen der klirrenden Kälte draußen und dem überheizten Krankenhauszimmer drinnen war für Hermines schwere Brille nicht tolerierbar. Sie beschlug schamlos und raubte ihr damit den klaren Durchblick. Doch Schwierigkeiten waren dazu da, überwunden zu werden. Einer ihrer alten Grundsätze. Entschlossen hastete sie zu dem direkt neben der Tür stehenden Bett. Sie nahm die darin liegende junge Frau zärtlich-stürmisch – das ist kein Widerspruch, sondern eine ganz spezielle weibliche Technik – in die Arme. Atemlos hauchte sie: »Ich gratuliere dir zu deiner Tochter. Du Arme, hattest eine so schwere

Geburt durchzustehen. Ja, wo ist denn überhaupt das Baby?«

Auch Hermine musste gelegentlich Luft holen. So auch jetzt, und das war gut so. Denn es gab der mit Sonja das Zimmer teilenden Frau die Möglichkeit klarzustellen, dass sie eben nicht Sonja war, der die stürmische Umarmung offensichtlich galt. Auch dass ihr Baby kein Mädchen, sondern ein wohlgestalteter Bube namens Markus sei, was sicher auch einen nicht zu vernachlässigenden kleinen Unterschied machte.

Hermine stutzte und schimpfte auf ihre angelaufene Brille. Entschlossen stürmte sie dann zum nächsten Bett. Da in dem Zimmer nur zwei Betten standen, landete sie nun den Volltreffer – sie war endlich bei ihrer Sonja. Diese lag lachend in ihrem Bett, was nach dem noch nicht verheilten Dammschnitt äußerst schmerzhaft war.

Hermine nahm ihre immer noch unbrauchbare Brille ab, blickte streng zu Stieftochter Berta und knurrte: »Warum sagst du eigentlich nichts? Wozu habe ich dich denn eigentlich mitgenommen?« Dann, schnurrend wie ein liebes Kätzchen und voller Zärtlichkeit, wandte sich die Stiefurgroßmutter wieder Sonja zu: »Jetzt sind wir aber froh, dass alles vorbei ist«, sagte sie erleichtert.

Heidenheim 1970: Hermine und Berta

Hermines Stieftochter Berta ging gerne in der Innenstadt shoppen, wie sie es neudeutsch nannte, und machte die dortigen Geschäfte unsicher, wie ihr immer boshaft unterstellt wurde. Ständige Begleiterin war Hermine. Diese war stets daran interessiert, den modischen Dernier Cri kennenzulernen. Ihre frühere Profession ließ sie einfach nicht los: einmal Mode, immer Mode.

So kam es, dass beide Damen einmal wöchentlich die einschlägigen Geschäfte aufsuchten, von Januar bis Dezember, zu jeder Jahreszeit also. Während der kalten Jahreszeit galten natürlich erschwerte Bedingungen, waren zum Beispiel die winterlichen Gehwege doch häufig nicht ordentlich von Schnee und Eis geräumt. Da gab es richtige Glatteisfallen, wo sich mancher Passant von seinen intakten Knien, Oberschenkeln oder ähnlichen Knochen verabschieden musste, um anschließend im Klinikum mit einem soliden Gipsverband versorgt zu werden. Winter auf der Alb.

Es war Dezember, so gegen Nikolaus, als Berta zusammen mit ihrer treuen Begleiterin durch die

Straßen der Stadt hastete. Zeit ist Geld, galt auch für sie. Also Tempo! Dabei wäre es sicher vernünftiger gewesen, wenn die beiden vorsichtiger die glatten Gehwege beschritten hätten. Doch sie bretterten relativ unbekümmert durch die Gassen und Straßen, allen lauernden Gefahren zum Trotz. Diese Ignoranz rächte sich und so kam es, wie es kommen musste: Sie rutschten wenig ladylike so richtig aus. Zuerst machte Berta eine kapitale Rückenlandung im populären sogenannten Maikäferstil. Fürsorglich, wie sie immer war, zog sie Hermine mit in den Abgrund. Das Bild, das sich dem Betrachter bot, war malerisch: Berta lag wie ein großer Käfer auf dem Rücken und zappelte aufgeregt mit ihren Revuebeinen, während sich Hermine, bedingt durch ihre bekannte artistische Sturztechnik, erprobt in vielen Lebenslagen, auf ihr räkelte. Andere Fußgänger, die vor ihnen standen, schauten entsetzt auf die beiden älteren Damen.

Nach Überwindung einer gewissen Schockstarre, oder vielmehr einer Schockminute, keuchte Berta: »Jetzt wird's aber Zeit, dass wir wieder aufstehen.«

Das war Hermine indes nicht möglich. Sie musste derart lachen, dass sie dadurch regelrecht bewegungsunfähig war. Deshalb dauerte es noch einige Zeit, bis sich die beiden in krabbelnder Weise allmählich in die Senkrechte zurückbegaben und gemeinsam wieder zum aufrechten Gang zurückfanden.

Das gefallene Mädchen Berta war sehr verärgert und schimpfte auf Hermine: »Du hättest schon schneller aufstehen können. Wir machen uns ja zum Gespött der Leute. Die haben bestimmt gedacht, die haben wohl einen Glühwein zu viel auf dem Weihnachtsmarkt getrunken.«

Hermine machten diese Vorhaltungen aber überhaupt nichts aus. Sie kicherte weiter, war fröhlich und entspannt. Erst als sie wohlbehalten in ihrem sicheren Linienbus saßen, konnte sich auch Berta von diesen Irrungen und Wirrungen erholen. Sie musste natürlich das letzte Wort haben: »Mit dir gehe ich im Winter mit Sicherheit nicht mehr in die Stadt. Du bist ja überhaupt keine Hilfe.« So schimpfte sie auf ihre Begleiterin, obwohl diese ja nun wirklich nicht die Ursache für das Missgeschick war.

Hermine fiel daraufhin spontan die alte Weisheit ein: Die Kleinen (zierliche Hermine) hängt man, weil schuldig. Die Großen (stattliche Berta) sind stets unschuldig und deshalb lässt man sie laufen. Dieser philosophische Einfall brachte sie erneut zum Kichern, was Berta mit äußerst grimmiger Miene zur Kenntnis nahm.

Heidenheim 1989: Finale

Hermine fühlte sich sehr wohl in Heidenheim. Ihre Entscheidung, hierher zu ziehen, hatte sich als ein absoluter Volltreffer erwiesen. Es stimmte einfach alles. Doch dann geschah etwas, das ihr Leben nachhaltig verändern sollte. Man nennt solche Ereignisse auch Wechselfälle des Lebens. Sie erlitt einen schweren Darmverschluss, der sofort operativ behoben werden musste. Einige Wochen lag sie nach einem schwierigen chirurgischen Eingriff im Krankenhaus. Sie sehnte ihre Entlassung herbei und die Rückkehr in ihre geliebte kleine Wohnung. Zurück in ihre Selbstständigkeit. Erste Zeichen einer Genesung sah sie darin, dass sie endlich wieder aufstehen durfte. Dabei stellte sie aber fest, dass plötzlich auftretende Schwindelattacken ihre allgemeine Mobilität und besonders das Gehen beeinträchtigten.

»Woher kommt das?«, fragte sie ihren Arzt.

»Das sind sicher die Folgen der langen Narkose«, meinte dieser und erklärte ihr die Zusammenhänge. Doch er glaubte mit großer Sicherheit, dass die Beschwerden mit der Zeit verschwinden würden.

»So, so, da haben Sie mir dann bestimmt eine Dosierung verpasst, die einen ausgewachsenen Elefanten in einen wochenlangen Tiefschlaf versetzt hätte«, lautete ihr trockener Kommentar.

Da war vermutlich schon was dran, wenn man die zierliche Hermine betrachtete. Wobei dieses 1,59 Meter große Persönchen stets eine eigene Bewertung ihrer Statur vornahm. Sie dozierte immer wieder hintersinnig: »Wahre Größe ist nicht abhängig von körperlichen Maßen. Es ist bekannt, dass kleine Menschen vom lieben Gott selbst geschaffen wurden. Die großen Narren dagegen sind von allein gewachsen. Genauso wie das Unkraut.« Dabei schmunzelte sie stets verschmitzt.

Dann kam der ersehnte Tag der Entlassung aus dem Krankenhaus. Der Arzt erklärte Hermine, dass sie zwar die Klinik verlassen dürfe, aber zunächst eine Rehabilitation in einer Nachsorgeklinik durchführen müsse. Dort sei besonders geschultes Personal für sie da, sodass ihr dieser Aufenthalt in drei bis vier Wochen zur alten Mobilität verhelfen würde. Die Behandlung dort sei intensiver und die dortigen Ärzte und Therapeuten verfügten auch über die nötige Zeit. Danach sei die Rückkehr in ihre Wohnung sicherlich möglich. Er erklärte ihr ausführlich die Vielzahl der Behandlungsmöglichkeiten, welche er bereits angeordnet hatte.

Natürlich war sie enttäuscht, dass sie nicht sofort in ihr geliebtes kleines Reich zurückdurfte. Doch war sie in ihrem Leben stets ein einsichtiger Mensch gewesen, auch wenn es galt, unangenehme Wahrheiten zu akzeptieren. Auch war ihr der Arzt sehr sympathisch und sie hatte großes Vertrauen zu ihm und seinen Festlegungen. Das war in dieser Situation besonders hilfreich. Also stimmte sie dem Vorschlag zu: »Dann gehe ich halt erst in drei bis vier Wochen zurück nach Hause.«

Von den unverständlichen Entscheidungen ihrer Stiefkinder wusste sie zu diesem Zeitpunkt allerdings noch nichts. Diese hatten bereits beschlossen, ihre Wohnung aufzulösen und Hermine im Anschluss an die Rehabilitation in einem Seniorenheim unterzubringen. Mangels besseren Wissens nicht in Betracht gezogen wurde von den offensichtlich besorgten Stiefkindern eine Rückkehr in die eigene Wohnung mit Unterstützung durch eine gezielte Betreuung wie zum Beispiel einem ambulanten Pflegedienst. Hermine war wohlhabend und hätte sich eine solche Lösung finanziell leisten können. Auch ein guter Freund wäre in der Lage gewesen, mit Fachkompetenz eine optimale und bedarfsgerechte Unterstützung zu organisieren. In diese Entscheidungsfindung jedoch wurde Hermine unverständlicherweise zu keiner Zeit mit einbezogen. Es wurde nicht mit ihr gesprochen, obwohl es doch einzig um ihre Interessen ging. Eine quasi geheime Kommandosache fand hier statt, auch offensichtlich an den meisten anderen Familienmitgliedern vorbei. Völlig unverständlich.

So nahm eine Entwicklung ihren Lauf, deren Ergebnis ihre letzten Lebensjahre zu ihrer größten Enttäuschung machten.

Nach der Entlassung aus der Rehaklinik wurde sie direkt in ein kleines Seniorenheim verlegt. Zu ihrer allergrößten Verwunderung. Doch dieses Heim sollte nie zu ihrem Zuhause werden. Widerstand leistete sie erwartungsgemäß nicht, das wäre gegen ihr Selbstverständnis und die angeborene Demut gewesen. Das einzige Möbelstück, das sie an glückliche Zeiten erinnerte, war ihr geliebter Sorgensessel. Der stand bereits in dem Zweibettzimmer. »Wenigstens etwas«, wie sie bitter anmerkte. Sonst war ihr nichts geblieben. Hermine war, wie bereits erwähnt, ein duldsamer und demütiger Mensch, der stets an das Gute im Menschen geglaubt hatte. Das war Teil ihres gelebten christlichen Glaubens. Diese Wesensart schloss einen Widerstand nach ihrer Auffassung kategorisch aus.

Sie lebte einige Jahre im Heim, so nannte sie ihre Unterkunft stets, und es war deutlich spürbar, dass es ihr dort in keiner Weise gefiel, obwohl sich das dortige Personal mit viel Mühe und Aufmerksamkeit um sie kümmerte. In Kenntnis ihrer Lebensgeschichte und mit ihrer klaren Erwartung lebenslanger Selbständigkeit war ihre Ablehnung absolut verständlich. War sie doch bis zu ihrem sechsundneunzigsten Lebensjahr völlig autark und organisierte ihr Leben in bewundernswerter Weise professionell.

Eines Tages bat sie dann einen guten Freund, er möge sie doch umgehend besuchen. Sie wolle etwas sehr Wichtiges mit ihm besprechen. Und zwar nur mit ihm. Das Vertrauen zu ihren Stiefkindern hatte sie inzwischen verloren. Wen wundert es?

Erwartungsvoll betrat ihr Besucher das Zimmer. Ihre Mitbewohnerin war zu dieser Zeit im Krankenhaus, also war Hermine mit ihm allein. Das war gut so. Sie saß in ihrem Lieblingssessel, wie immer gepflegt und dezent elegant gekleidet. Sie trug ihre Lieblingsbrosche, eine silberne, filigrane Tierdarstellung, und sah einfach großartig aus, getreu ihrem Leitspruch: Wenn du alt bist, kannst du nicht mehr schön werden, aber du kannst gepflegt sein. Das ist wichtig.

Danach handelte sie konsequent.

»Hast du viel Zeit mitgebracht? Du wirst sie heute vermutlich brauchen«, sagte sie mit ernstem Gesicht zu ihrem Besucher.

Der hatte schnell begriffen, dass er nicht die stets positiv gesinnte alte Dame vor sich hatte. Nein,

ein ausgesprochen ernster und entschlossener Mensch saß hier heute vor ihm.

Sie teilte ihm also ihre Gedanken mit: »Vor wenigen Monaten bin ich einhundert Jahre alt geworden. Nach reiflicher Überlegung habe ich inzwischen festgestellt, dass es jetzt reicht. Ich fühle mich nicht mehr als vollwertiger Mensch, bin nur noch die Hundertjährige. Natürlich ist das von einigen Menschen durchaus als Kompliment gemeint, wobei ich dann stets darauf hinweise, dass mein hohes Alter nicht mein Verdienst ist. Meist hat es aber etwas Abwertendes, wie es zu mir gesagt wird. Meine Stiefkinder sind offensichtlich auch der Meinung, dass ich kein vollwertiges Mitglied der Gesellschaft mehr bin, allenfalls ein lebendiges Denkmal vergangener Zeiten. Obwohl der Begriff ›Denk-mal‹ die Aufforderung zum Nachdenken in sich birgt, was aber leider nur wenige Menschen begreifen.« Nach dieser Einführung setzte sie ihre Überlegungen fort: »Besucht mich zum Beispiel der Arzt, weil es mich auch ab und zu irgendwo zwickt, und ich schildere ihm meine Beschwerden, so höre ich stets: ›Bedenken Sie doch, wie alt Sie sind.‹ Und das war es dann. Wenn ich darauf erwidere, dass ich aber noch lebe und nichts dafür kann, dass mich der liebe Gott offensichtlich vergessen hat, reagiert der Arzt tief beleidigt. Das ist nur ein Beispiel von vielen.«

Ihr Besucher erfuhr dann die Schlussfolgerung,

die sie aus all dem gezogen hatte: »Mir reicht es jetzt und ich will solche Bemerkungen nicht mehr hören. Also habe ich beschlossen, mein Leben selbstbestimmt auslaufen zu lassen. Ich reduziere radikal meine Ernährung und trinke immer weniger. Dann klappt das von allein. Du bist der Einzige, dem ich das anvertraue.«

Dem Freund fiel in dem Moment ein, dass Hermine trotz ihres Alters noch nie vom Tod gesprochen hatte. Auch früher schon war das nie ein Thema für sie. Dafür lebte sie einfach zu gerne. Mit dem Gevatter Tod, diesem im Grund ehrlichen und treuen Freund, der lebenslang immer klar sagt, was er will, wollte sie nichts zu tun haben. Nur einmal hatte sie gesagt: »Der wird sich schon rechtzeitig bei mir melden, da habe ich ohnehin kein Mitspracherecht. Also kümmere ich mich nicht darum.«

Sie erschreckte ihren Gesprächspartner mit ihrer entschlossenen Ansage und ihm wurde bewusst, dass er als Mitwisser eine große Verantwortung übernahm.

Sie spürte das und sagte: »Bitte gib mir dein Ehrenwort, dass du niemandem von meiner Entscheidung erzählst. Weißt du, ich habe so ein reiches Leben gelebt, das Schicksal hat es wirklich gut mit mir gemeint. Ich bin absolut zufrieden und nun so richtig lebenssatt.«

Doch es sollte anders kommen, als Hermine sich

das vorgestellt hatte. Der Buchhaltungsengel im Himmel in der Abteilung »Geburt, Leben, Rückkehr« plant präzise. Dort war sie zur Rückkehr in ihre eigentliche Heimat schon lange terminiert, verbindlich vorgemerkt. Und das so rechtzeitig, dass es zu ihren beschlossenen, drastischen Maßnahmen nicht mehr kommen musste: Der Mensch plant und Gott lenkt.

Wenige Tage nach dem Gespräch durfte sie im Schlaf leise diese Welt, die ihr nichts mehr bedeutete, verlassen. Sie war sicherlich glücklich auf ihrer letzten Reise, diesmal ohne Gepäck und Umzugswagen. Entspannt, doch auch erkennbar müde von ihrem langen Lebensweg, lag sie in ihrem Bett, mit einem zufriedenen Lächeln auf ihrem lieben Gesicht.

Es ist geschafft!

**Hermine war ein durch
und durch glücklicher Mensch.**

Epilog

Meine Anmerkungen zu der Romanbiografie »Hundert Jahre sind genug«:

Ich habe eine Romanbiografie geschrieben. Diese besondere Form schien mir sehr geeignet, ein besonderes Menschenleben zu erzählen. Die zu recherchierenden Fakten sind die eine Seite der Romanbiografie. Sie wurden mit großer Sorgfalt erhoben. Dafür verbürge ich mich. Auf der anderen und ergänzenden Seite steht die Fiktion. Es war mir wichtig, möglichst nahe an den historischen Fakten des Lebens der Protagonistin zu bleiben. In einem harmonischen und ergänzenden Verhältnis. Als Romanautor musste ich bei Dialogen und Gefühlen auch manches erfinden. Das Wesen der Fiktion.

Heidenheim, im November 2023
Bernd Karl Stammler

Endnoten

1 Anmerkung: Allen Juden, die in Deutschland lebten, war schrittweise die deutsche Staatsbürgerschaft aberkannt worden. Pässe und Kennkarte (heute Personalausweis) wurden eingezogen. Grundlage war das »Gesetz über den Widerruf von Einbürgerungen und Aberkennung der deutschen Staatsangehörigkeit« vom Juli 1933, das von 1936 an eine Massenausbürgerung der Juden zur Folge hatte und 1941 verschärfend modifiziert wurde.

2 Anmerkung: »Bremser« waren Eisenbahnmitarbeiter, die für das Bremsen von Eisenbahnzügen verantwortlich waren. Ihr Dienstabteil war das separate »Bremserhäuschen« mit einem höher gelegenen und über eine extra Treppe erreichbaren Häuschen.

Der Autor

Bernd Karl Stammler ist in Heidenheim an der Brenz geboren und lebt auch dort. Er ist seit vielen Jahren glücklich verheiratet.

Als Ausgleich zu seinem sozialen Beruf schreibt er seit Jahren für Tageszeitungen und Magazine Glossen, Rezensionen oder Reportagen. Seine heimliche eigentliche Berufung?!

Viele seiner Kurzgeschichten wurden in den verschiedensten Medien veröffentlicht. Sein Roman »Begegnung in der Toskana«, die Kurzgeschichten »Toskanische Impressionen« sowie die zeitkritische Erzählung »Indianerland« zeigen die Themenbreite des Autors. Das Weihnachtsmärchen »Das kurze glückliche Leben der Weihnachtsbäume« war ein großer Erfolg.

Viele Lesungen in Deutschland, aber auch in Italien, fanden ein großes Echo. Seine weiteren Interessengebiete sind die Zivilluftfahrt, gefolgt von der Literatur (Kästner, Hemingway, Dürrenmatt) sowie klassische Musik (Mozart, Rachmaninow).

An der vorliegenden Romanbiografie arbeitete er zwei Jahre. Das »Altwerden« beschreibt er darin sensibel und oft mit einem zwinkernden Auge in

all seinen positiven wie negativen Schattierungen.
Seine reifste Arbeit!